Maria Loretta Giraldo

IL MISTERO DELLA DAMA

GIUNTI Junior

A Cristina, Franca F., Franca Z., Maria.
E a Gianna,
le mie amiche di Mira.

Prologo

La vecchia sdraiata sul giaciglio girò faticosamente la testa e frugò la stanza con gli occhi semi ciechi finché non distinse l'esile figura china davanti al focolare.

«Bianca!» il richiamo era appena in un sussurro, eppure la ragazzina scattò subito in piedi.

«Vieni, bambina mia, vienimi qui vicino».

«Sono qui, nonna».

«Lo vedi, io me ne sto andando. D'ora in poi dovrai proteggerti da sola».

La ragazzina scoppiò in lacrime.

«Non piangere, bambina mia. Ti devo mostrare una cosa».

La vecchia protese la mano e Bianca le vide qualcosa luccicare sul palmo: quello che la vecchia le mostrava era un magnifico ciondolo tempestato di rubini, un ciondolo di quelli che le ricche signore tengono appeso al collo con una catena d'oro. C'era un volto dipinto, nel mezzo; la ragazzina lo raccolse e lo sollevò, finché il riverbero della fiamma non le consentì di vedere il viso di una bella signora che dal medaglione le sorrideva quieta.

Guardò in silenzio per qualche istante, poi tornò a rivolgere gli occhi sulla vecchia, stupefatta.

«Quella donna è tua madre» disse la vecchia in un soffio.

«Mia madre?»

La ragazzina aggrottò la fronte, cercando di capire il senso delle parole.

«Sì! Era una bellissima dama, tua madre. Nobile, e tuo padre un meraviglioso artista, pittore e orafo». La vecchia si prese il tempo per un respiro prima di continuare. «Quel ciondolo è opera sua... Forse lui è ancora vivo, forse...»

La ragazzina la guardava, disorientata. Se non fosse stato per quel gioiello che le luccicava sul palmo della mano, avrebbe pensato che la vecchia stesse vaneggiando per la febbre. Bianca aveva sempre creduto che sua madre e suo padre fossero locandieri a Venezia, e che fossero morti di peste quando lei era ancora in fasce. Così le aveva raccontato la vecchia. Poi la locanda era stata venduta per due soldi e loro due, nonna e nipotina, erano venute a vivere là, in quel posto sperduto ma sicuro, lontane dalla città ammorbata dall'epidemia.

Si chinò sul viso sofferente con un interrogativo negli occhi.

«Nonna, che cosa significa tutto questo?»

Nella voce c'era più stanchezza che desiderio di sapere. La nonna fece un lungo faticoso rantolo.

«Ti prego, non avercela con me se non te l'ho mostrato prima, bambina mia. L'ho fatto per il tuo bene. Quando tua madre stava per morire non sapeva a chi affidarti perché non aveva nessun parente, e allora ti ha data a me. Tuo padre era partito e i sicari volevano farti del male. Probabilmente non hanno ancora smesso di cercarti, per questo ti ho tenuta nascosta».

«Di quali sicari stai parlando, nonna? Da chi mi devo nascondere?»

Ma la vecchia invece di rispondere le afferrò una mano e la implorò:

«Giurami che non rivelerai mai a nessuno quello che ti sto dicendo ora, giurami che non mostrerai a nessuno questo gioiello. Promettimi che sarai prudente». La voce le si spense in un ansito, il corpo cominciò a sussultare.

La ragazzina le sollevò le spalle e la cinse con le braccia. La tenne stretta per impedirle di andare via, chissà dove, certamente in un luogo freddo e scuro che metteva paura. La dondolò a lungo ripetendo con la voce rotta dai singhiozzi:

«Te lo prometto, nonnina cara, ma tu non morire, non morire!»

Cap. 1

ADDIO, CASA!

All'interno del casolare la luce della candela tremolava, fioca.

Tra poco l'alba sarebbe venuta a rischiarare il cielo dalla parte della palude. Non c'era più tempo ormai.

Bianca infilò nella sacca una fetta di pane scuro e un pezzo di formaggio di capra. Prese dalla panca di legno la matassa di fili colorati e l'ago e li avvolse con cura in una pezza di lino candido, e mise anche quelli nella bisaccia.

Sul ripiano della tavola, vicino alla candela, stava appoggiato un sottile nastro di seta dorata con il ciondolo appeso nel mezzo, grande quasi quanto il palmo della sua mano; la montatura del ciondolo era impreziosita da una tempesta di piccoli rubini.

Era un bellissimo gioiello, che contrastava con la povertà di quella spoglia capanna di frasche e di paglia.

Prese il ciondolo con delicatezza, come se avesse paura di romperlo, e lo trattenne tra le dita mentre si avvicinava ancora di più alla luce tremolante della candela; guardò quasi con stupore il viso della giovane dama che le sorrideva dal centro dell'ovale, lo osservò a lungo come se non lo avesse già scrutato tante volte, giorno dopo giorno, come se lo vedesse ora per la prima volta.

Glielo aveva dato sua nonna, quel ciondolo, poco prima di morire in un pallido pomeriggio d'autunno. La nonna quel giorno le aveva raccontato una storia incredibile. Una rivelazione fatta in punto di morte, quando chi ti lascia non ti può mentire. Eppure, spesso, lei aveva dubitato.

Ma forse la nonna le aveva voluto solo lasciare un sogno da sognare, un'immagine di mamma a cui confidare i propri pensieri. Fosse come fosse, ora decise di credere che quella bella signora fosse davvero la sua mamma. Le diede un bacio.

La dama le sorrideva affettuosa.

Il canto lontano di un gallo la scosse dai suoi pensieri. Guardò fuori. Già una pallida striatura lattiginosa affievoliva l'oscurità di quella notte senza stelle.

Era tardi, ormai. Si allacciò il nastro dietro collo, badando che fosse ben nascosto sotto la veste ruvida, si mise sulle spalle il mantello, afferrò la sacca e soffiò sulla candela. La stanza rimase al buio.

"Addio casa" pensò Bianca con tristezza, mentre usciva senza neanche richiudere la porta alle sue spalle, come se avesse dovuto ritornarvi tra un momento.

Fuori l'aria era pungente. Rabbrividì e si strinse ancor più nei suoi stracci. Era una fredda, umida giornata di metà marzo dell'anno millequattrocentottantanove.

Bianca aveva dodici anni allora, forse tredici, non lo sapeva bene, e fino a quel giorno aveva conosciuto solamente il vivere quieto e faticoso di quella terra di paludi, di canneti, di campi e di boschi, e lo scorrere lento dei canali e dei corsi d'acqua che si riversavano nel grande fiume: la Brenta.

«La Brenta è come una grande strada» le diceva sua nonna «che porta la gente, gli animali e la mercanzia fino alla meravigliosa città dei dogi».

Era proprio a Venezia che Bianca era diretta quella mattina. Lei non l'aveva mai vista, ma sapeva che le strade di quella città erano tutte d'acqua, su cui si affacciavano grandissimi palazzi, abitati da dame con magnifici vestiti, gioielli preziosi e un gran numero di servitori.

A Venezia le botteghe erano in ogni dove e vi potevi trovare ogni tipo di mercanzia, e cibo abbondante, e stoffe di seta lucenti e colorate, e filati preziosi per ricamare le vesti di lino.

Anche Bianca sapeva ricamare, l'aveva imparato dalla nonna. La nonna sapeva filare la lana, tessere stoffe e intessere la seta con fili dorati.

Ogni giovedì portava i loro lavori al mercato di Oriago, alla signora Cate che li comprava e li andava a vendere in città. Spesso Bianca andava con la nonna. Le piaceva molto il mercato, con tutto quel vociare di persone, e i belati delle pecore, e il ragliare degli asini.

Le piaceva perché la sua vita ai bordi della palude era molto solitaria e silenziosa, troppo per una ragazzina della sua età.

In paese Bianca trovava Elisabetta, la figlia di Cate, che aveva più o meno la sua stessa età. Era la sua cara amica, l'unica che avesse, e mentre la nonna e Cate parlavano del più e del meno, loro due andavano a curiosare intorno, a guardare le merci, ad ascoltare quello che diceva la gente.

Ora tutto questo sarebbe stato perduto per sempre, si disse, e davanti a lei non c'era che l'ignoto. Il pensiero le fece venire un nodo alla gola e per rincuorarsi cominciò a dire sottovoce la vecchia preghiera che sua nonna recitava tutte le sere. “Anna bell’Anna, ascolta chi ti chiama, alza la voce, bacia la Croce...”

Bianca camminava veloce, assorta nei suoi pensieri. La terra gelata crocchiava dura sotto i suoi zoccoli e le permetteva di proseguire senza fatica. Era una fortuna: quando la temperatura si alzava, il fango si scioglieva e quello stesso viottolo a tratti diventava impraticabile.

Passò di fianco a tre casolari, costruiti uno accanto all’altro. Dietro le imposte la luce delle candele palpitava come un cuore.

Conosceva la gente che ci abitava, famiglie di pescatori, e certamente a quell’ora gli uomini erano appena tornati dalla laguna sulle loro barche cariche di reti e di pesci appena pescati. Un cane abbaiò. Una tenue luce opalescente rischiarava il cielo a est.

Giunta al crocicchio, Bianca tagliò verso la strada del convento perché così avrebbe accorciato il percorso di un bel po’. Se avesse tirato dritto verso il villaggio, più avanti sarebbe sbucata sulla sponda della Brenta. Di là passavano i cavalli che dall’argine trainavano i barconi tutti pieni della gente chiassosa che andava a Venezia per affari, ma lei non aveva soldi da spendere e perciò sarebbe andata a piedi, tanto era abituata a camminare e non temeva le distanze. Allungò il passo per paura di fare tardi.

Doveva raggiungere il punto dell'attracco del traghetto, a Fusina. Là avrebbe incontrato la signora Cate che le aveva trovato un posto da serva a casa di una merciaia, in città.

"La signora Cate è proprio una brava donna" pensò ancora Bianca. Da quando la nonna era morta era venuta spesso alla capanna per assicurarsi che lei avesse da mangiare e che stesse bene.

Bianca sperava che ad accompagnarla a Venezia venisse anche la sua amica Elisabetta: si sarebbe certamente sentita meno impaurita.

Da un gruppetto di casupole riunite attorno a un cortile stava uscendo un carretto tirato da un asino. Un uomo seduto davanti teneva le redini, dietro c'erano due donne.

«Ciao, ragazzina!» la salutò una delle due. Aveva un viso grassoccio e bonaccione. «Lo vuoi, un passaggio? Dai, sali su!»

Bianca la riconobbe: era la pollivendola del mercato, un donnone allegro e ciarliero che non smetteva un momento di parlare.

L'uomo fermò l'asino e le fece un cenno.

Bianca si arrampicò sul carretto e la pollivendola le fece spazio tra i cesti di uova e le gabbie delle galline.

«Dove vai?» le domandò la donna.

«A Venezia, signora».

«A fare che?»

«Vado a servizio in casa di una merciaia, signora».

«Uhm! Mi sembri un po' troppo giovane per andare a vivere in città» borbottò la donna guardandola dall'alto in basso e scuotendo la testa.

Bianca abbassò gli occhi, intimidita, ma la pollivendola aveva già ripreso a parlare a proposito di certe signore di città ricche e smorfiose, che trattano male la servitù. L'altra donna sul carretto taceva e teneva gli occhi fissi sulla strada. Sembrava infastidita da tutte quelle ciance.

Mano a mano che si avvicinavano a Fusina, la strada si animava di gente di tutte le età. Mentre gli passavano accanto, un ragazzo con un berretto di lana rossa la guardò fisso. Era il garzone del maniscalco. La guardava così ogni volta che Bianca passava davanti alla sua bottega, nei giorni di mercato, e allora Elisabetta la tormentava:

«Lo vedi come è innamorato di te!».

Bianca si sentì arrossire e girò lo sguardo altrove

sperando che le donne nel carretto non si fossero accorte di nulla. Una gallina sporse la testa dalle sbarre della gabbietta e cercò di beccarle la mano, che lei ritrasse d'istinto e nascose dietro la schiena. La pollivendola la vide e interruppe il suo discorso; rise, poi riprese a parlare e non smise finché dietro la curva non apparve l'approdo di Fusina.

Ad aspettare il barcone c'era già un numeroso gruppo di gente.

«Ecco qua, siamo arrivati» disse il carrettiere tirando le redini.

Bianca salutò, poi si lasciò scivolare giù dal carretto, mentre quelli già cominciavano a scaricare le gabbie. Si stava dirigendo verso la gente assiepata sulla riva, quando sentì la voce della pollivendola che le gridava:

«Buona fortuna, piccola!».

Si girò e le sorrise timidamente:

«Grazie signora».

Cercò con gli occhi la signora Cate tra quella piccola folla, ma non la vide.

"Forse è ancora troppo presto" pensò.

Si guardò intorno e improvvisamente si sentì tanto piccola e spaventata.

«Nonna, nonna, se tu non fossi morta» invocò piano tra sé e sé.

Ormai era sola al mondo. Sentì che le spuntavano le lacrime e le asciugò in fretta sulla manica del vestito. Si guardò intorno, vergognosa, ma nessuno per fortuna badava a lei.

Improvvisamente il chiacchiericcio si trasformò in un mormorio basso. Tutti allungavano le teste per guardare un punto dove la laguna faceva un'ansa. Anche Bianca si girò da quella parte, e quando vide il traghetto che si avvicinava adagio per approdare sulla riva, si agitò.

La signora Cate ancora non si vedeva: che cosa avrebbe dovuto fare se non fosse arrivata?

Proprio in quel momento sentì una mano toccarle la spalla. Trasalì e si voltò di scatto: Elisabetta e Cate erano davanti a lei. Per fortuna erano arrivate in tempo. Bianca non riuscì a trattenere un respiro di sollievo e abbracciò la sua amica.

Al momento dell'imbarco bisognava versare al marinaio il prezzo della traversata; Bianca prese dalla tasca la pezzuola in cui erano annodate poche monete, ma la signora Cate le trattenne la mano:

«Lascia che mi arrangi io, voi due andate a sistemarvi da quella parte».

Durante tutto il tragitto, Elisabetta le tenne la mano. Bianca si accorse che anche l'amica era emozionata.

«Tu sei già stata tante altre volte a Venezia!» le disse.

«Sì, ma è così bello andarci che mi sento sempre un tremolio allo stomaco».

«Non dirlo a me, che ho una fifa matta!» disse Bianca, e tutte e due scoppiarono a ridere di gusto.

L'imbarcazione scivolava lenta tra le nebbie dense della laguna. Di tanto in tanto le sagome scure di alti velieri apparivano improvvisamente come dal nulla, e allora si sentivano le grida di saluto dei marinai. Sul traghetto la gente parlava sommessamente, qualcuno sonnecchiava, altri mangiavano fette di pane e bevevano vino.

Bianca si ricordò del pane e del formaggio che aveva nella sacca e lo tirò fuori per offrirne alla sua amica, ma Elisabetta la fermò:

«Aspetta! Non manca molto per arrivare, ormai, e quando saremo a Venezia la mamma ci porterà nella bottega di un fornaio e compreremo una bella focaccia calda».

A Bianca venne l'acquolina in bocca. Raramente i poveretti come lei potevano permettersi le focacce, le frittelle e altre ghiottonerie. Solo nei giorni di grande festa, qualche volta.

Improvvisamente un raggio di sole bucò la nebbia e apparve il grande mare azzurro col suo gran movimento di barche di tutti i tipi e di tutte le dimensioni: barche piccole come gusci di noci, rotonde, affusolate, grandi barche a remi, barche dalle punte ricurve, e maestosi velieri con le insegne rosse e dorate della Repubblica.

Sullo sfondo Venezia si mostrò, maestosa e solenne come una regina.

Bianca non aveva mai visto niente di più bello e si sentì mancare il fiato.

Cap. 2

BUONGIORNO, REGINA

Una lama di luce si infilava nella stanza dal bordo del pesante tendaggio; voci animate arrivavano dai piani inferiori.

Caterina si stropicciò gli occhi e rimase immobile nel letto ad ascoltare. Aveva passato una notte agitata e senza sogni, e ora si sentiva sfinita e incapace di pensare.

Qualcuno bussò alla porta: due tocchi leggeri e gentili.

«Entra, entra pure, Delia».

Delia era la più cara tra le sue damigelle. Caterina voleva che venisse lei a svegliarla ogni mattina, perché con la sua voce allegra riusciva a metterla sempre di buonumore.

«Buongiorno, regina» disse la ragazza. «Vi ho portato la colazione». Con lei nella stanza era entrato un buon profumo di dolci speziati appena usciti dal forno.

«Magari, Delia, magari questa fosse una buona giornata! Magari...» rispose Caterina sospirando.

«Su, su» sorrise la damigella posando il vassoio su di un tavolino per spostare di lato la tenda «guardate, c'è un bel sole splendente in cielo, e la gente è già tutta sulle strade che vi aspetta per salutarvi».

«Già, la gente!» sorrise Caterina. «Mi ricordo, ce n'era tanta anche quando sono arrivata qui a Cipro, da Venezia, la mia città natale. È successo più di sedici anni fa, ci pensi? Ah, quanto tempo è passato... ero molto giovane, allora, quasi una bambina e venivo come sposa di re Zaco. Com'era bello e forte, il re. E io a quel tempo avevo così tanti sogni...» La voce le morì in gola.

«Suvvia, Caterina, niente tristezze, quest'oggi. Dovete farvi bella. I vostri sudditi devono ricordarvi come la regina più bella del mondo intero. Fossi io al vostro posto!»

Caterina scostò le coperte e scese dal letto.

«Delia, porta via quel cibo, per favore» disse. «Non ho voglia di mangiare».

«Almeno un sorso di latte, maestà».

«No no, non insistere, ti prego. Riporta tutto in cucina».

Mentre la damigella riprendeva il vassoio e

usciva dalla stanza, Caterina si avvicinò lentamente al balcone. Guardò verso le alte torri cupe.

La intristiva, quel castello così pieno di ricordi amari, ma sapeva che fuori, oltre il fossato, l'isola era tutta fiorita di oleandri e di ginestre, sulle colline crescevano pini e cedri del Libano, mandorli e ciliegi, e sui campi spighe verdi di grano ondeggiavano al soffio tiepido di un vento profumato. Come era bella la sua Cipro... E oggi avrebbe dovuto lasciarla per sempre.

Laggiù, il porto era tutto coperto di battelli e di barche e di galee con le insegne di San Marco. Gruppi di operai e di schiavi neri trasportavano senza sosta le grandi casse piene di oggetti e di mobili che le appartenevano, per caricarli sulle navi. Una grande quantità di bauli e bagagli era ancora ammassata nel cortile del castello e sul molo.

"C'è tempo" pensò Caterina. "C'è ancora tempo".

Si chinò sul massiccio cofano d'argento posato a terra, e lo aprì per controllare di non aver dimenticato nulla. C'erano le sue cose più preziose, là dentro: una collana di perle, il primo regalo di re Zaco suo marito, le lettere affettuose di suo padre e delle sue sorelle legate con un nastro rosso, e una fascia con le iniziali del suo povero bambino, morto di malaria quando aveva solamente un anno.

Caterina provò una gran pena per la sua vita; sentì che le spuntava una lacrima, ma la trattenne sull'orlo delle ciglia. Doveva essere forte, in quel giorno. Niente lacrime.

Con passo deciso andò verso la porta

«Marta!» chiamò.

Venne una vecchia, strascicando i passi.

«Sì, mia regina!»

«Presto, presto! Mi devo preparare. Voglio che le cose siano fatte per bene e con calma. Devo avere il tempo per salutare il mio popolo e devo controllare che niente di importante venga dimenticato. Tu intanto preoccupati che questo cofano venga caricato sulla mia nave, ma controlla di persona, lo sai cosa contiene. Mi fido di te... e ti prego, fa' venire Delia, voglio che sia lei a pettinarmi, e dille anche di portarmi il vestito e la corona».

La vecchia non aveva neppure fatto in tempo a richiudere la porta, che già Delia, aiutata da una cameriera, si affacciava tenendo il vestito con le braccia bene alzate per non fare strusciare l'orlo sul pavimento.

«Così, mi piace, mia regina. Venite, di là la vasca è già piena di acqua tiepida per il bagno e la pettinatrice è qui fuori e sta aspettando che la chiamiate».

«Va bene, ma tu resta qui a darmi una mano».

L'acqua calda e profumata del bagno la rilassò. Una camerista le portò gli unguenti e le strofinò la schiena con un olio che sapeva di cedro, Delia l'aiutò a stringere i lacci del corpetto e a indossare la lucente sottoveste di seta con i bordi di pizzo fatti a Murano.

Quando fu finalmente pronta, Caterina andò davanti allo specchio grande, per controllare che tutto fosse in ordine. Lo specchio rifletteva la figura di una giovane, bella regina avvolta nel lungo vestito dall'elegante scollatura, e con la corona lucente posata sulle ciocche morbide e bionde.

Sì, andava tutto bene; nemmeno la notte passata senza sonno le aveva lasciato i segni della stanchezza sul viso.

«Cosa te ne pare?» domandò a Delia.

«Siete perfetta, mia regina» rispose la ragazza spostandole dalla fronte un riccio ribelle.

In quel momento venne la vecchia serva dal passo strascicato:

«Maestà, è arrivato vostro fratello. Vi aspetta».

Caterina si accigliò.

«Vengo subito» disse frettolosamente.

Si sentiva un po' arrabbiata con suo fratello

Giorgio. Proprio lui, con la sua insistenza, l'aveva convinta a regalare il suo regno alla Repubblica di San Marco. Ah! Se fosse stato vivo re Zaco, il suo adorato marito, tutto questo non sarebbe successo.

Caterina fece un profondo respiro, poi cominciò a scendere le scale, altera, lenta.

Giorgio Cornaro, suo fratello, le andò incontro e le baciò la mano.

«Sorella mia amatissima, dolce regina» disse. «La Repubblica di Venezia vi sarà sempre grata del grande dono che oggi le fate. Non c'è gesto più generoso e nobile della vostra rinuncia a essere regina per amore della vostra patria natale. Ma non temete, figlia fedele della Serenissima, presto sarete ricompensata».

Caterina sentì che un nodo di ribellione le saliva alla gola, parole dure le vennero alle labbra, ma si trattenne. Guardò suo fratello fisso negli occhi:

«Sono una donna ubbidiente, e sono fedele alla mia patria, questo sì,» rispose amara «ma oggi lascio con grande rimpianto e tristezza il mio regno, e la mia amata isola, e la gente che la abita. Niente potrà ricompensarmi di questa perdita».

Poi tacque.

Giorgio abbassò gli occhi, e aspettò che la regina si avviasse verso il cortile, poi la seguì con la scorta di cavalieri che lo accompagnavano. Dietro venivano tutti i nobiluomini, le damigelle di corte e la servitù che sarebbero partiti da Cipro con la regina.

Già alle prime luci dell'alba quel giorno gli isolani erano era scesi sulle strade e ora due ali di folla formavano una siepe sulle strade; molte voci di auguri e di benedizione si levavano al passaggio della carretta d'oro della regina. Le braccia si agitavano in un saluto. La gente era assiepata perfino sugli spalti e sui bastioni.

Caterina ne riconobbe molti; alcuni erano commercianti e artigiani che ogni giorno venivano a palazzo per fornire la corte di tutte le necessità, ma ancora di più erano gli abitanti dei casolari che lei era solita visitare, e i poveri che di prima mattina si presentavano nel cortile del castello per chiedere l'elemosina.

E ora tutti gridavano:

«Lunga vita alla Regina!».

«Viva Caterina, regina di Cipro».

«Non vi dimenticheremo mai!»

Lei restituiva a tutti i saluti:

«State sereni. Tornerò, tornerò presto».

La piazza del porto era così piena e che non ci si poteva muovere, molta gente piangeva.

Caterina scese dalla carretta d'oro, ma subito si trovò circondata dalla folla che premeva da ogni lato, per vederla da vicino, per regalarle un fiore, per toccarle la veste. Invano i soldati cercavano di tenere lontana la calca con le alabarde. Caterina si guardò intorno in cerca di aiuto, ma vide che anche suo fratello Giorgio, laggiù, era in difficoltà e non riusciva a procedere. Di Delia non c'era traccia.

Stava già pensando di risalire sulla carretta per sottrarsi all'abbraccio della folla, in cerca di riparo, quando a un tratto un uomo giovane e ben piantato, con spinte decise si fece largo nella calca e la raggiunse, la prese per mano e la portò in salvo sulla galea. Caterina gli rivolse un sorriso riconoscente. Vide che aveva due occhi nerissimi e sorridenti, e i capelli ricci.

«Grazie, signore».

«Regina» fece lui con un lieve inchino.

Caterina di nuovo si rivolse alla folla che ancora la stava chiamando.

A vedere il grande affetto che il suo popolo le dimostrava, ora si sentì incredibilmente commossa. L'emozione trattenuta così a lungo scoppiò improvvisa, le fece girare la testa, tremare le gambe; lacrime amare cominciarono a scenderle sul viso.

«Tornerò» cercò ancora di dire, ma sentì che la voce le si fermava in gola e la vista si offuscava. Le sembrò che il corpo diventasse di colpo pesante ed ebbe l'impressione che la terra le mancasse sotto i piedi.

L'ultima cosa che vide, fu il viso preoccupato del giovane dagli occhi neri. Sentì le sue braccia forti che la sorreggevano. Poi tutto divenne buio.

Cap. 3

UNA NUOVA CASA

Arrivarono a Venezia al montare della marea, il tocco grave di una campana risuonava nell'aria. I campielli e le calli erano animati di un incredibile via vai di servi e fantesche che andavano a fare commissioni per conto dei loro padroni, di schiavi che scaricavano casse dalle barche, di bambini che andavano a scuola accompagnati dalle nutrici, di cavalieri in eleganti mantelli, di commercianti orientali con la testa fasciata da turbanti colorati.

Bianca era affascinata da tutto quel movimento, dalla ricchezza e dalla bellezza di quella città, si sentiva confusa dalla grandiosità dei palazzi, stupefatta dalla quantità di botteghe che si aprivano sulla via.

Una giovane nobildonna le passò di fianco, aveva un filo di perle intrecciato tra i capelli, e la sua veste decorata d'oro finiva in un lungo strascico. Un velo di seta sottile le scendeva sulle spalle.

Camminava ondeggiando su altissimi zoccoli di velluto cremisi e una fantesca la teneva per mano, perché non cadesse.

Bianca si fermò a guardarla, a bocca aperta, finché non la vide scomparire tra la folla. Sentì che Elisabetta, ferma vicino a lei, rideva sommessamente e poi commentava scuotendo la testa: «Che esagerazione!».

Invece Bianca era sinceramente ammirata.

«Però non puoi dire che non fosse bella!»

«Bianca, Elisabetta! Venite, non vi fermate o andrete a rischio di perdervi». La signora Cate le chiamò spazientita. «Benedetta figliola,» disse ancora appena Bianca le fu vicina «capisco che qui intorno ci sono cose che bastano e avanzano per far girare la testa a chi non ha mai visto la città, ma noi abbiamo un appuntamento importante stamattina, non ricordi?»

Bianca chinò la testa, a quel rimprovero.

«Scusate signora» disse, e si mise a camminare accanto alla donna che ora allungava il passo.

Elisabetta le seguiva un po' più indietro, continuando a fare commenti che si perdevano nei suoni delle voci e nei rumori delle calli. Alle orecchie di Bianca giungevano solo il suono indistinto delle sue parole e qualche risatina.

«Mamma» chiamò a un tratto Elisabetta, che si era fermata davanti alla bottega di un fornaio. «Io avrei un po' di fame. Entriamo a prenderci un pane dolce o una frittella, qui li fanno proprio buoni».

«Va bene» acconsentì la signora Cate. «A patto però che non perdiamo troppo tempo».

Il bancone della bottega era tutto pieno di pagnotte appena sfornate e di dolcetti profumati di miele e spezie, e di biscotti e cialde ancora caldi.

Bianca non sapeva cosa scegliere, perciò aspettò che fosse Elisabetta a farlo per lei.

«Io voglio una frittella» disse la ragazzina. «E tu?»

«Sì, anch'io. Una frittella».

«Tre frittelle grandi» ordinò la signora Cate.

Mangiarono appoggiate al parapetto di un ponte di legno, mentre guardavano passare di sotto le barchette eleganti e slanciate che i veneziani chiamavano gondole.

«Che ti dicevo? Non è deliziosa?» chiese Elisabetta cacciandosi in bocca l'ultimo boccone.

«Su, ragazze, adesso dobbiamo andare davvero» disse la signora Cate spolverandosi le briciole dal vestito.

«È tanto lontano, mamma?»

«No, ancora due ponti e ci siamo».

Improvvisamente Bianca ricordò il motivo per cui erano venute a Venezia e di nuovo fu presa dai suoi timori. Tra poco le due sue compagne di viaggio l'avrebbero lasciata, e lei sarebbe rimasta sola, con gente sconosciuta, in una casa sconosciuta, in una città grande e sconosciuta.

Cercò la mano di Elisabetta, per trovare conforto, e la sua amica le rivolse un sorriso di incoraggiamento.

«Smettila di fare la fifona, vedrai, ti abituerai presto a vivere qui. E magari diventerai anche tu una gran dama di città e andrai in giro su due trampoli, come la nobildonna che abbiamo visto prima, così avrai bisogno di qualcuno che ti regge per non cadere a faccia in giù nel fango. Ma non ti aspettare che quel qualcuno sia io!»

Bianca scoppiò a ridere di gusto. La sua amica aveva sempre voglia di scherzare e sapeva come metterla di buon umore.

«Però prometti che mi verrai a trovare ogni volta che potrai» le chiese congiungendo le mani.

«Prometto, prometto!»

La casa della merciaia era una costruzione di pietra a due piani, che si affacciava su un campiello con un pozzo nel mezzo.

La porta della bottega era semiaperta.

«Signora Augusta!?» chiamò Cate, entrando.

Nella bottega c'era un commesso. Aveva i capelli unti e lo sguardo sfuggente.

«C'è Augusta?» gli chiese Cate. «Ho bisogno di parlarle».

«È di là» disse lui indicando un corridoio buio. Cate fece cenno alle ragazzine di seguirla.

«Signora Augusta!?» chiamò di nuovo.

«Siii?» la voce veniva dalla stanza in fondo.

«Sono io, Cate. Ho accompagnato la ragazzina che viene a servizio da voi».

Una porta si aprì e si affacciò una donna magra e dal viso poco cordiale.

«Ah, già! Eravamo d'accordo per oggi. Venite, venite avanti».

Le fece entrare in un tinello che rivelava una discreta agiatezza: le finestre avevano lastre di vetro e i mobili, lucidi e intagliati, profumavano di cera.

«Vediamo vediamo» disse la merciaia in tono sbrigativo. «Quale delle due è la ragazza?»

«È lei; si chiama Bianca. Quest'altra è Elisabetta, mia figlia».

Bianca si sentì scrutare da due occhi freddi e penetranti. Era come quando al mercato dei cavalli un compratore valutava la cavalcatura con un occhio critico per capire quali fossero i difetti. Si spostò inquieta da un piede all'alto.

«Vedo» disse la merciaia. Strinse le labbra in una smorfia di disappunto, poi aggiunse con una nota di contrarietà nella voce:

«Però, non mi avevate detto che era così piccola e scarna».

«Ma è una brava figliola» la rassicurò Cate. «E poi, poveretta, come vi ho spiegato è sola al mondo. Ma tutti lo sanno che voi, signora, siete una donna pietosa e di buon cuore, che ha pena per gli orfani e le vedove».

«Uhmm!» La merciaia tentennava un po' con la testa. Aveva impiegato molto tempo e tante risorse per farsi la fama di dama caritatevole e recentemente aveva sborsato un bel po' di quattrini per finanziare la costruzione di un piccolo altare nella chiesa della Madonna dell'Orto.

Valutò velocemente cosa le convenisse e alla fine decise: «Va bene, vorrà dire che proverò a vedere cosa è capace di fare, dopo deciderò se tenerla o rimandarvela indietro».

Le due donne si scambiarono ancora alcuni convenevoli, poi la merciaia fece intendere che aveva fretta, così Cate e Elisabetta si congedarono.

Prima di partire la donna fece le ultime raccomandazioni a Bianca ed Elisabetta l'abbracciò calorosamente.

«Non ti dimenticare di me, ti prego» le sussurrò Bianca.

«Ti verrò a trovare prestissimo» la rassicurò l'amica.

Restò ferma a guardarle mentre uscivano dalla porta e si allontanavano nella piazzetta, con la paura di non rivederle mai più.

«Allora?» le chiese a un tratto la merciaia con la voce sgarbata. «Hai intenzione di restare lì impalata per tutto il resto del giorno? Su, da brava, vieni con me in cucina che ti spiego cosa c'è da sbrigare».

La cucina era grande e fumosa, un enorme camino occupava quasi una intera parete. Nella pentola, appesa a una catena, qualcosa borbottava. Nell'aria si sprigionava un profumo intenso di cavoli e cipolle.

«Le vedi tutte quelle pentole di rame appese?» fece la merciaia. La parete che la donna le indicava era tutta ricoperta di paioli, di tegami di padelle e casseruole di ogni misura. Bianca non ne aveva mai viste così tante tutte insieme, neanche al mercato di Oriago.

«Sì signora».

«Bene, voglio che siano pulite e lucidate a dovere. Detesto chi le tiene opache e scure. È segno di cattiva pulizia e di poca cura della casa, non trovi?»

«Sì signora».

«Bene, siamo intesi allora. Qua c'è la cassetta della cenere. Ma non consumarne troppa e non sporcare dappertutto, come faceva la serva che avevo prima di te. Quella sì che era una vera sciattona... e una sciupona, te lo dico io cos'era! Ma è durata poco!»

La merciaia si avviò brontolando verso la bottega, perché il commesso la stava chiamando.

Rimasta sola, Bianca si tolse il mantello, lo attaccò a un grosso chiodo ricurvo piantato dietro la porta dello sgabuzzino e si rimboccò le maniche.

Poi si guardò attorno, spaesata, non sapendo da dove cominciare.

Come altre volte in cui si era sentita sola e sconsolata, sentì il bisogno di guardare il volto della dama del medaglione. Con cautela sollevò il nastro di seta, finché da sotto la veste non spuntò il ciondolo e vide il bel viso gentile.

«Mamma,» la interrogò «e ora, cosa devo fare?»

La dama rispose con un sorriso sereno, e questo le bastò. Si rimboccò le maniche e staccò una grossa pentola dalla parete.

La merciaia era una donna con un pessimo carattere e con la lingua velenosa. Suo marito, un omino miope e calvo, se ne stava tutto il giorno a fare l'inventario e a curare i conti seduto dietro una vecchia scrivania nel magazzino e, anche se qualche volta sembrava infastidito dalle cattive maniere della moglie, si guardava bene dal ribattere perché come lui apriva bocca, lei lo zittiva.

Bianca ogni mattina si alzava dal letto quando era ancora buio, accendeva il fuoco e cominciava a preparare la colazione, poi puliva le verdure per la zuppa del mezzogiorno, spazzava la casa, rassettava le stanze.

Durante tutta la giornata, la merciaia la chiamava in continuazione, per andare nella bottega a mettere in ordine una matassa di filo, o per salire sulla scala a prendere una cassettina posta in alto. A volte la faceva venire solo per il gusto di non lasciarla in pace, pensava Bianca.

Immancabilmente trovava qualche motivo per borbottare e parlar male delle serve che sono tutte bisbetiche e sfaccendate e mangiapane a ufo.

Bianca accettava ogni rimprovero senza mai replicare, ma alla sera quando finalmente era sola nel giaciglio confidava i suoi dispiaceri alla dama gentile del medaglione, oppure ripensava con nostalgia alla vita povera ma serena trascorsa con la nonna nella capanna ai bordi della palude.

Un giorno, mentre stava riordinando gli scaffali sotto lo sguardo vigile della merciaia, entrò nella bottega una signora di mezza età. Era vestita in maniera sobria ma non austera, e aveva un viso buono e gentile.

«Buongiorno signora Margherita, in che cosa vi posso servire?» fece la merciaia atteggiando le labbra al sorriso sussiegoso che riservava alle sue migliori clienti.

«Vorrei delle passamanerie in filo d'oro, ma badate bene, Augusta, non mi interessa che costino un po' di più, purché siano di ottima qualità. Mi sono stati ordinato alcuni vestiti per le figlie del cavaliere Dandolo...»

«È per la festa in onore della regina, immagino» la interruppe la merciaia.

«Già! E perché se no?» rise Margherita. «Appena si è sparsa la voce che lei sta per ritornare a Venezia, il mio laboratorio si è riempito di clienti e ora ho un sacco di lavoro da fare».

«Uhm, vediamo. Ho qui alcune guarnizioni veramente belle» disse la merciaia. «Sono appena arrivate proprio da Cipro. A proposito,» si ricordò improvvisamente «ho di là anche una pezza di splendida seta che vi vorrei proprio far vedere. Mentre il mio commesso vi mostrerà le passamanerie, andrò a prenderla. Ehi tu, ragazzina, su vieni a darmi una mano, sbrigati».

Poco dopo la merciaia era già di ritorno. Bianca le veniva dietro, reggendo a stento una pesante pezza di stoffa lucente.

«Posala qua, e sta attenta a non farla strusciare per terra, stupida contadina».

«Avete una nuova aiutante, vedo» disse Margherita, rivolgendo a Bianca un sorriso di simpatia.

«Per carità, non me ne parlate» rispose la merciaia rabbuiandosi in viso. «Ce l'ho qui da quasi due mesi e ancora non sa fare niente! Me l'hanno affibbiata perché è povera e senza parenti; chi me l'ha portata sapeva bene che io ho troppo buon cuore per dire di no. Non è per vantarmi, signora mia, ma non so quante altre persone al mio posto si sarebbero prese un simile impiccio».

Bianca si sentì avvampare per la vergogna e tenne gli occhi bassi: mai nella sua vita si era sentita così umiliata. La merciaia ancora continuava:

«Mi lamentavo della serva che avevo prima, ma questa qui è ancora peggio. Va, tornatene in cucina adesso, e datti un po' da fare finalmente».

Così dicendo la spinse in malo modo e Bianca andò a sbattere contro lo scaffale e fece cadere una cassettina. Numerose perline colorate si sparsero sul pavimento.

La merciaia urlò: «Cosa mi combini, ancora, buona a nulla?! Guarda qui che razza di disastro».

«Non è colpa mia» provò a dire Bianca con voce flebile.

«Ma sentitela, sentitela» disse imbestialita la merciaia dandole un sonoro ceffone sulla guancia. «Ha anche il coraggio di ribattere, la sfacciata. Va' subito a preparare le tue misere cose, mocciosa, che finalmente ti rimanderò alla topaia da dove sei venuta».

Margherita, a vedere la scena, provò una pena infinita per quella povera ragazzina e avrebbe voluto rimproverare severamente la merciaia, ma si trattenne. Invece disse afferrandola con gentile fermezza per un polso:

«State calma, signora Augusta, non è successo niente di grave» meditò un istante poi aggiunse: «Ascoltatemi bene, avrei una proposta vantaggiosa da farvi».

Cap. 4

LA DAMA, L'ORAFO E L'ANGELO

Il vento della notte aveva spazzato via la coperta di nuvole e un sole quasi caldo ora brillava in cielo. Caterina chiuse gli occhi assaporando il lieve tepore dell'aria. Respirò profondamente. Il buon profumo di fiori e di erba tenera, tutto intorno, le faceva sbocciare qualcosa dentro.

«Ah! Che meraviglia la primavera!» disse più a se stessa che a Delia, che le passeggiava accanto.

«Che meraviglia la terraferma, piuttosto!» mormorò la ragazza facendo una gioiosa giravolta e lasciandosi cadere sul prato davanti alla locanda. Poi restò là, supina a braccia aperte, incurante dello sguardo di disapprovazione di una vecchia dama che la guardava dal porticato. «Che magnifica sensazione, regina! Provate, provate anche voi a sdraiarvi così. Vi assicuro, è fantastico!»

Caterina scosse il capo, increspando le labbra in un sorriso un po' amaro.

«Già! Da quando ho lasciato Cipro sembra che anche il cielo si sia accanito su di me».

Ed era stato davvero così: subito dopo la loro partenza dall'isola, infatti, si era scatenato un terribile uragano. Un vento impetuoso aveva strappato le vele e l'acqua gelida aveva spazzato il ponte per giorni e giorni. Una delle galee, la Tragurina, era stata spinta sugli scogli dalla furia del mare ed era affondata. Che spettacolo terribile vedere uomini e bagagli affiorare e scomparire e riapparire e ancora scomparire tra le onde tumultuose! Caterina senza nemmeno rendersene conto fece un movimento con la mano, come per scacciare una visione terrificante.

Ora si trovavano a Corfù. Era stato necessario fare una nuova sosta perché a bordo i viveri e l'acqua ormai scarseggiavano e i marinai erano molto stanchi e avevano bisogno di riposo.

«Questo viaggio sta diventando interminabile» disse Delia rialzandosi e spazzolando via con la mano dal vestito alcuni fili d'erba. «E pensare che saremmo già dovuti essere arrivati. Chissà a Venezia come saranno preoccupati a vederci tardare tanto».

Mancavano infatti ancora parecchi giorni di viaggio all'arrivo, ma Caterina non aveva fretta.

"Userò il tempo che rimane per recuperare le energie" pensò. Ne aveva proprio bisogno, dopo tutte le disavventure patite in mare. E forse, nel frattempo, avrebbe potuto anche superare il dolore per il distacco dalla sua amata isola.

Ogni volta che ripensava al giorno della partenza le veniva un nodo alla gola; ricordò il momento in cui si era ripresa dopo il malore che l'aveva colta, e aveva visto la costa ormai lontana con tutta quella gente sulla spiaggia ancora assiepata a guardare. Le sembrò di sentire le voci degli isolani che la salutavano, che le auguravano ogni bene, che promettevano di non dimenticarla mai.

Delia vide che la regina si faceva pensierosa e triste, così disse:

«Caterina, che ne dite se per questa sera organizzassimo una bella festa?! Potremmo chiedere ai cuochi di preparare del buon pesce e dei dolci. E faremo venire i suonatori, così potremo anche ballare».

«No, no». Caterina scosse lentamente la testa, ma la ragazza insisteva:

«Non dite così, mia regina. Non vedete quanto siamo tutti abbattuti e stanchi. Un po' di musica e di allegria non potranno che farci del bene; suvvia, che ci vuole a dire di sì?!»

Come sempre, Delia aveva ragione.

Una regina deve pensare al suo popolo prima ancora che a se stessa, le avevano insegnato. Ma lei ora non era più una regina, e non possedeva più alcun regno. Sospirò.

«E sia!» disse.

«Non ve ne pentirete, maestà, vedrete. Mi occuperò di tutto io» cinguettò Delia tirando su un po' la gonna per non inciampare mentre si avviava a passo di danza verso la locanda.

Caterina sentì la sua voce allegra che chiamava a raccolta le damigelle.

«Benedetta ragazza!» sorrise. Era così piena di vita, che era impossibile non rimanere contagiati dal suo buonumore e dalla sua gioia.

Caterina non entrò nell'affollata locanda; aveva bisogno di raccogliere i suoi pensieri in solitudine.

Dietro l'edificio vide un lungo viale alberato che portava verso la spiaggia e in quel momento appariva deserto, così vi si incamminò lentamente. Passeggiò adagio, godendo del frusciare del vento tra le foglie, ascoltando il canto degli uccelli e il rumore della risacca. Il movimento lento delle onde la consolava, e improvvisamente il pensiero di non essere più una regina anziché farle male la rincuorò. Si sentiva leggera, le pareva di essere tornata la ragazzina spensierata di tanti anni prima, e improvvisamente si sentì serena e le venne voglia di aiutare Delia a organizzare la festa

Stava già pensando di ritornare indietro, quando vide la figura dell'uomo seduto sullo scoglio. Appariva pensieroso e guardava il mare all'orizzonte. Era così assorto nelle sue riflessioni, che non si accorse della dama fino a quando lei non gli fu vicino.

Il giovane trasalì e balzò in piedi:

«Scusate maestà non vi avevo sentita avvicinarvi».

Lei vide i capelli ricci, il naso dritto e gli occhi neri, e lo riconobbe.

«Scusate voi, piuttosto, per essere stato disturbato nei vostri pensieri. Ma, ditemi, non siete per caso il cavaliere che mi ha soccorso a Cipro, il giorno della partenza?»

«Sì, mia regina. Sono proprio io. Siete gentile a ricordarvene».

«Bene, così ora avrò modo di ringraziarvi come desidero. Quando mi sono riavuta non vi ho più visto, né vi ho più incontrato da allora».

«Ero imbarcato in una delle navi al vostro seguito, maestà».

«Ah, capisco! Ma ora accompagnatemi nella mia passeggiata, se non vi dispiace» sorrise Caterina appoggiandosi con la mano al braccio che lui le porgeva. «Così mi racconterete qualcosa di voi».

«Vi accompagnerò volentieri, ma vi risparmierò il racconto della mia storia che è troppo triste e vi renderebbe malinconica».

Scosse la testa sorridendo, come se volesse scacciare lontano i pensieri tristi, tuttavia non riuscì a trattenere un sospiro.

«Ora sono più curiosa che mai» disse Caterina rallentando il passo. «Ditemi, dunque».

«Mi chiamo Ludovico Della Vigna e sono nato a Udine. E questo è tutto» si schermì il giovane.

«Questo è tutto?» Caterina alzò un sopracciglio con aria interrogativa. «Tutto qui, dite? Non ci credo! Tutti abbiamo una qualche storia da raccontare. Suvvia, non fatevi pregare».

Il cavaliere allargò le braccia, sorrise e riprese a parlare:

«Facevo il pittore e l'orafo, nella mia città. Il mio maestro si chiamava Martino Senese, da lui ho imparato l'arte del ritratto, della miniatura e della gioielleria».

«Martino Senese?» La regina fece un segno di assenso. «Sì, ho visto alcuni suoi lavori. È davvero un artista molto bravo e scommetto che lo sarete anche voi».

«Be', devo ammettere che sotto la sua guida avevo fatto indubbiamente dei progressi, e la mia vita a quel tempo era serena e piena di promesse». Alzò e riabbassò le spalle, come se le parole fossero inutili, ormai.

«E poi?» lo incalzò Caterina.

«E poi un giorno entrò dalla porta della bottega una ragazza. Voi ci credete agli angeli?». Il giovane fissò un punto lontano, come se osservasse una figura che solo lui poteva vedere. «Ecco, così era lei, un angelo, con gli occhi che sembravano pezzetti di cielo e i capelli adorabilmente arruffati. La accompagnava un signore panciuto di mezza età, vestito riccamente e scortato da due servitori armati e da un ceffo poco rassicurante. Credevo fosse il padre, invece era l'uomo che lei avrebbe dovuto sposare per volontà della sua famiglia di lì a qualche mese. Voi sapete come vanno queste cose. 'Siete voi Ludovico della Vigna?' mi chiese lui e quando io gli risposi di sì continuò: 'Vorrei che faceste un ritratto alla mia fidanzata: una preziosa miniatura, un ciondolo da appendere a una catena d'oro. Vi raccomando, che sia un gioiello veramente splendido, però. Non bado a spese, io'. Fu così che conobbi Elisabetta» sospirò il giovane.

«E fu così che ve ne innamoraste, non è vero?» sorrise Caterina.

«Già!»

E poiché il giovane di nuovo taceva, la regina lo incoraggiò:

«Continuate, cavaliere».

«Per molti giorni la incontrai, con la scusa del ritratto. Pensate, impiegai il doppio del tempo che in realtà mi sarebbe stato necessario a fare quel lavoro: prima feci il disegno sul foglio, poi la miniatura, poi la montatura. E avrei voluto che non terminasse mai. Ma alla fine il ciondolo fu pronto; quel giorno, temendo che non l'avrei più rivista, confessai a Elisabetta il mio amore e con mia grande sorpresa scoprii che anche lei mi amava».

«Sarà stato difficile per voi due decidere cosa fare, suppongo» osservò Caterina.

«Potete ben dirlo. Il timore per quello che sarebbe potuto succedere era tanto, ma alla fine ci sposammo in gran segreto con l'aiuto di un prete mio amico, e il ciondolo fu il mio regalo di nozze per la sposa. Naturalmente quel giorno stesso dovemmo fuggire per paura della vendetta del potente signorotto».

«E dove andaste, cavaliere?»

«A Venezia, proprio come stiamo andando ora.

Alloggiavamo in una malandata locanda nei pressi del porto. Dopo nemmeno un anno, ci nacque una bellissima bambina, aveva gli occhi color del cielo, come sua madre. La chiamammo Bianca. Per guadagnarmi da vivere io a quel tempo lavoravo sotto falso nome come carpentiere all'arsenale. Costruire barche era un mestiere faticoso e non molto pagato, eppure mai nella mia vita sono stato più felice di allora. Ma durò poco; un giorno infatti venni a sapere che i sicari del signorotto erano sulle mie tracce. Purtroppo avevano scoperto dove lavoravo, ma per fortuna non ancora dove abitavo. E così, per non mettere a rischio la vita di mia moglie e quella della bambina pensai di allontanarmi in tutta fretta. I sicari avrebbero seguito me. Feci appena in tempo ad affidare la mia sposa e la piccola alla locandiera, che era una brava donna e mi imbarcai, contando di ritornare di lì a poco quando il pericolo fosse passato. Invece...»

Caterina ora ascoltava la storia quasi trattenendo il fiato.

«E invece?»

«Invece il viaggio fu sfortunato e durò più del previsto. Quando finalmente tornai a Venezia scoprii che c'era stata la peste. Mi dissero che migliaia e migliaia di persone erano morte o avevano abbandonato la città. Andai alla locanda e la trovai deserta e cadente: gli sciacalli avevano divelto porte e balconi e avevano rubato le poche cose che c'erano da prendere. Chiesi di mia moglie e della bambina, qualcuno mi disse che mia moglie era certamente morta, ma della bambina non si sapeva nulla. Non riuscii ad avere notizie neppure della locandiera».

«Avrete fatto delle ricerche, immagino» domandò Caterina guardandolo dritto negli occhi.

«Certo! Avevo ancora il ritratto di mia moglie, quello sul foglio. Fuggendo lo avevo portato con me. Ricordo che girai con quello in tutta la città, sestiere per sestiere; ho passato tutti gli alberghi e tutte le botteghe una a una, ho bussato alla porta di ogni convento. Poi ho cercato di scoprire dove fosse finito il ciondolo, era quella l'ultima speranza di ritrovare le tracce di mia figlia. Ho visitato i laboratori di tutti gli orafi della città e ho parlato con numerosi mercanti, pensando che un gioiello così prezioso non può passare inosservato. Eppure tutto è stato inutile. Forse mia figlia è davvero morta». Sospirò e attese un momento prima di riprendere a parlare. Quando lo fece, Caterina gli sentì un certo rammarico nella voce:

«Tuttavia, a dispetto di ogni ragionevolezza, non

ho ancora perduto ogni speranza: ancora adesso quando vedo una ragazzina dagli occhi color del cielo immagino che sia la mia Bianca».

«Capisco quale sia il vostro dolore» sussurrò Caterina amaramente. «Anche io ho perduto l'uomo che amavo e il mio dolcissimo bambino».

Tacque un po', incapace di parlare, poi riprese:

«La vostra storia mi ha veramente commosso, signore, e vorrei poter fare qualcosa per voi. Quando sarò a Venezia cercherò di scoprire cosa avvenne della vostra famiglia, ve lo prometto. Ma voi fatemi avere al più presto quel disegno di cui mi avete parlato, vi prego».

«Vi ringrazio, mia regina» disse Ludovico pieno di gratitudine. «Giustamente tutti vi ammirano per il vostro buon cuore. Vi farò avere al più presto il ritratto da cui ho ricavato la miniatura. Lo porto sempre con me, ora ce l'ho nella cabina della nave».

In quel momento da una curva del vialetto comparve Delia:

«Caterina, Caterina!» chiamò mentre veniva di corsa verso di loro. «Vi ho cercata dappertutto. Dove vi eravate cacciata!?»

Ma quando fu abbastanza vicina da vedere in viso il giovane accompagnatore della regina, si ricompose e fece una lieve riverenza. Caterina notò che un lieve rossore le colorava le guance e che improvvisamente sembrava intimidita e impacciata.

Non è da lei, pensò Caterina e improvvisamente si ricordò che anche lei da principio arrossiva così ogni volta che re Zaco la guardava.

"Questo cavaliere le piace molto" pensò sorridendo all'idea che la damigella avesse finalmente trovato qualcuno che la faceva confondere.

«Scusatela, cavaliere. Questa è Delia, la più discola delle mie damigelle» disse.

«La conosco, la conosco. Ci siamo già incontrati proprio il giorno della partenza da Cipro». Ludovico fissò in una lunga occhiata la ragazza e lei abbassò lo sguardo. Tacquero non sapendo più che dire. Per sciogliere quel silenzio imbarazzato Caterina intervenne:

«E allora, Delia cara, hai dato tutte le disposizioni per la festa?».

«Oh sì, mia regina, sarà bellissima, stupefacente, divertentissima». Aveva già ripreso la sua consueta disinvoltura. «Ci verrete anche voi, cavaliere, non è vero?»

Ludovico Della Vigna guardò la regina, con aria interrogativa.

«Naturalmente siete invitato» disse Caterina.

«Va bene, allora non mancherò».

Ripercorsero il viottolo conversando amabilmente e quando giunsero alla locanda nella quale alloggiavano, Caterina si scusò:

«Ora vado un poco a riposare. Mi sento molto stanca».

Quando il giovane si fu congedato, Delia disse:

«Come è bello quel cavaliere! Non vi sembra, Caterina?».

«Ah ah» ridacchiò la regina. Poi aggiunse: «E ha una storia dolce e triste che lo tormenta».

«Su, raccontatemela».

«Va bene» acconsentì lei.

Cap. 5

SAI USARE L'AGO, RAGAZZINA?

«Ragazzina, ti piacerebbe diventare una ricamatrice?»

Bianca guardò stupita la signora gentile che le stava di fronte. Avrebbe voluto rispondere di sì, ma aveva paura della merciaia.

«Allora, ti piacerebbe?» tornò a chiederle Margherita, piegandosi verso di lei. «Su, rispondi, non avere paura. Ti piacerebbe?»

«Sì signora» riuscì a balbettare.

«Hai già provato qualche volta a cucire, a ricamare?».

Il viso della donna era vicino e rassicurante.

«Sì, signora. Quando ero a casa mia, aiutavo sempre mia nonna».

«Bene» disse Margherita visibilmente soddisfatta raddrizzandosi sul busto.

La merciaia stava a guardare accigliata con le mani sui fianchi.

«Che cosa avete in mente, signora mia?» domandò brusca a Margherita.

«C'è una delle mie lavoranti che presto si sposerà e andrà ad abitare in un'altra città, così ho bisogno di una nuova ragazza, un'apprendista da tirarmi su. Questa ragazzina sembra fare proprio al caso mio».

Poi, ignorando la merciaia, si rivolse di nuovo a Bianca:

«Ti darò vitto e alloggio e un piccolo compenso in denaro ogni settimana».

«Non pensate neppure per scherzo di portarmi via la serva, ora che ha appena incominciato a imparare a fare le cose» intervenne la merciaia, con una nota di dispetto nella voce.

«Ma se mi avete appena detto che per voi è un impiccio» ribatté sorpresa Margherita. «Stavate appunto per scacciarla, non ricordate?»

«Mmmm. Ammettiamo che accetti la vostra proposta, poi mi dite come potrei giustificarmi con chi me l'ha portata?»

«Basterà dire che la ragazzina ha preferito andare a lavorare nella bottega di una sarta molto stimata in città, piuttosto che continuare a fare la sguattera» disse seccamente Margherita, poi assunse una espressione più conciliante e aggiunse:

«Suvvia, signora Augusta, sono così tanti anni che noi due ci conosciamo e che io mi servo da voi, che non avrete sicuramente difficoltà a trovare le parole giuste per spiegare chi sono e dove abito. Se poi la ragazzina ha parenti o amici da qualche parte, potrà andare a trovarli di tanto in tanto, oppure potranno loro stessi venire in città a trovare lei, non vi pare?».

La merciaia era in difficoltà e Margherita colse la palla al balzo.

«Allora siamo d'accordo» le disse dandole una amichevole pacca sulla spalla, poi si rivolse a Bianca. «Ragazzina va a preparare le tue cose, presto; io intanto approfitto del tempo che resta per vedere questa bellissima seta. Ho già in mente una ricca dama a cui di sicuro piacerebbe molto».

A quelle parole la merciaia, allettata dalla prospettiva di un buon guadagno, parve perdere improvvisamente interesse per la vicenda della piccola contadina e, ripreso il tono mellifluo che riservava alla trattativa dei buoni affari, disse:

«Forse il prezzo vi sembrerà un tantino alto, ma...».

«Non c'è problema!» tagliò corto Margherita allargando i cordoni della borsa e rovesciando sul bancone una discreta quantità di monete sonanti.

La merciaia non poté trattenere un sorriso soddisfatto.

Nella cameretta in soffitta, Bianca fece più in fretta che poté: indossò il nastro col ciondolo sotto la veste, badando che nessun indizio potesse farne sospettare l'esistenza anche agli occhi più attenti, raccolse i suoi poveri stracci e li mise nella sacca. Si ravviò velocemente i capelli con la mano e tornò di corsa in bottega per paura che la signora Margherita cambiasse idea e partisse senza di lei.

«Ah, sei già qui!» disse la merciaia ritrovando improvvisamente il suo cattivo umore. Poi la scrutò tentennando il capo. «Non sei così svelta quando si tratta di lavorare. Ti potevi almeno mettere il vestito buono, conciata così mi sembri proprio una pezzente!»

Bianca arrossì visibilmente, e con una mano si lisciò le pieghe della gonna dove erano un po' spiegazzate.

«Non importa, ti cambierai dopo» la rassicurò Margherita. «Adesso saluta la padrona che ce ne dobbiamo andare».

«Buongiorno, signora» disse Bianca con un filo di voce, mantenendo gli occhi bassi.

Erano già sulla porta della bottega pronte a partire, quando la merciaia la chiamò:

«Aspetta un momento, ragazzina. Ti voglio fare un regalo».

Bianca la guardò stupita mentre estraeva la mano dalla tasca del grembiule e le porgeva con due dita un soldo di rame.

«Ecco tieni, comprati qualcosa a nome mio».

«Grazie, signora» mormorò Bianca prendendo la moneta.

Mentre si avviavano, la ragazzina sentì la signora Margherita borbottare:

«Ma che grande cuore, quella donna. Proprio un cuore d'oro, non c'è che dire!».

La bottega della sarta era vicina al Ponte dei Pignoli, in una zona di grande passaggio, ed era frequentata dalle dame più importanti della città.

«Ecco, siamo arrivate» disse Margherita, rivolgendo a Bianca un sorriso incoraggiante. «Su, entra».

All'interno del negozio erano esposti ormesini, broccati, zendali, e altri tessuti pregiati. Due damigelle stavano guardando alcune stoffe spiegate sul bancone e parlottavano tra loro, indecise su quale scegliere.

«Oh, signora Margherita, aspettavamo proprio voi per un consiglio» disse una delle due, appena vide la sarta.

«Se fossi al vostro posto prenderei lo sciamito. Con quel colore addosso sarete un incanto. Ma ora scusatemi: un momento e sarò da voi» e andò dritta verso la porta che dava sul retro, da dove proveniva un allegro chiacchiericcio.

«Ragazze» disse Margherita entrando nella stanza «vi porto una nuova aiutante».

Tre giovani di diversa età alzarono la testa dal lavoro di cucito e guardarono incuriosite.

«Si chiama Bianca e abiterà qui con me. Lucia, pensaci tu a darle qualcosa da fare, io devo andare subito di là...»

Lucia aveva i capelli scuri raccolti ordinatamente in una crocchia e pareva la più esperta delle tre; si alzò in piedi e posò il lavoro sulla sedia, poi si avvicinò a Bianca e le sorrise amichevole.

«Sai usare l'ago, ragazzina?» le domandò.

«Sì, aiutavo mia nonna a ricamare il lino, signora».

La ragazza rise. «Signora a me? Magari lo fossi!»

Una delle altre due ragazze era bionda e riccia. Guardò ironicamente Lucia.

«Tra poco lo sarai per davvero, una signora! Ti sposerai con il tuo ricco oste e tra qualche anno sarai anche tu una ricca e grassa ostessa, coperta di anelli collane e fronzoli, e assomiglierai alla matrona che sta sempre seduta dietro al banco dell'osteria al ponte di Rialto!» disse finendo la frase con una risata.

Lucia scosse la testa con finta disapprovazione, poi si rivolse a Bianca:

«Vieni qua, ragazzina, siediti accanto a Fiorina e aiutala a intrecciare questi fili».

Fiorina era una ragazzetta dalla carnagione giallognola e dagli occhi sospettosi. Bianca pensò che poteva avere più o meno la sua stessa età. Di malavoglia le fece vedere quello che stava facendo. Era un lavoro molto facile e Bianca tirò un sospiro di sollievo. Prese dalle matassine alcuni fili colorati e cominciò a intrecciarli con un movimento esperto delle mani.

La lavorante bionda si fermò a controllare che stesse lavorando bene:

«Sei brava!» le disse. «Da dove vieni?»

Bianca comprese che glielo chiedeva più per metterla a suo agio che per un reale interesse.

«Da Oriago».

«Hai fratelli, sorelle?»

«No, sono sola al mondo da quando è morta mia nonna, l'anno passato».

Lucia la guardò con simpatia e le posò una mano sulla spalla:

«Non ti preoccupare, vedrai che qui con noi ti troverai bene».

Anche l'altra ragazza la guardò con benevolenza. Solo Fiorina aveva un'ombra ostile nello sguardo.

Le due ragazze più grandi ripresero il discorso che avevano interrotto all'arrivo della padrona. Parlavano senza tuttavia distogliersi dal lavoro che stavano eseguendo con le mani agili e sapienti.

«Dicono che sia molto bella!» disse la ragazza riccia.

«Sicuro che è bellissima. Figurati che il re di Cipro se ne innamorò vedendone per caso un ritratto, fu così che la volle sposare. Lei aveva appena quindici anni, allora, e mai e poi mai avrebbe immaginato di diventare una regina».

Parlavano di una regina che tra poco sarebbe arrivata a Venezia da un'isola lontana. A vedere l'espressione di Bianca, a Lucia venne un dubbio:

«Tu lo sai chi è Caterina Cornaro, non è vero?».

Bianca fece cenno di no con la testa.

«Ma come? È la regina di Cipro! Davvero non sai? Eppure in città non si parla d'altro che della grande festa che il Doge darà suo in onore non appena lei arriverà qui, a Venezia».

Le due ragazze sapevano ogni cosa che riguardava la regina, e ora che ne avevano l'occasione sembravano felici di poterne fare sfoggio. Le riferirono che da piccola abitava a San Cassiano, non molto lontano da quella bottega, e che i vecchi la vedevano sempre, mentre andava alla scuola o alla messa della domenica con le sue sorelle. Le descrissero com'era vestita e pettinata la regina il giorno in cui partì per Cipro, soffermandosi così bene su ogni particolare che a Bianca sembrava che le scene del racconto si svolgessero proprio davanti a lei.

«Poi il re Zaco, suo marito, morì durante una battuta di caccia, e lei rimase sola con il suo bambino» Lucia fece un profondo sospiro. «E anche il suo bambino morì di lì a poco, povera regina! Così lei si sentiva triste e inconsolabile, lontana da Venezia, in un castello ormai troppo grande e silenzioso».

La storia della regina bella e infelice era affascinante e commovente e Bianca sperò che il racconto durasse ancora a lungo, ma presto non rimasero che gli ultimi commenti.

«E così adesso la regina ritorna. Io non vedo l'ora che arrivi! Le galee su cui viaggiano lei e il suo seguito sono ad appena qualche giorno di navigazione».

«Ma no, che dici? Ci vorrà almeno una settimana».

«Dipende dal mare, se sarà brutto o se sarà calmo. Comunque sia, il doge stesso le andrà incontro e la farà salire sul Bucintoro».

Bianca sapeva cos'era il Bucintoro: una meravigliosa barca tutta d'oro e damaschi con cui il doge, con le più belle ed eleganti nobildonne, faceva le sfilate durante le celebrazioni dello sposalizio del mare, quando buttava in acqua un anello per celebrare il matrimonio di Venezia con il mare. Glielo aveva detto la sua amica Elisabetta, che l'anno prima ci era andata con sua madre.

«La regina abiterà nella casa in cui è nata, sul Canal Grande» disse infine Lucia, appuntando l'ago sulla stoffa e guardando in faccia Bianca per gustarsi l'effetto prodotto dal racconto. «È un palazzo bellissimo, sai? Margherita, la padrona, l'ha visto molte volte. Pensa che la padrona conosceva Caterina Cornaro e le sue sorelle quando ancora erano piccole. Faceva i vestitini per loro, era una delle sarte di famiglia». Nella sua voce c'era un pizzico di orgoglio.

In quel momento entrò Margherita con le due damigelle che Bianca aveva visto scegliere le stoffe nel negozio. Teneva in braccio un alcune pezze di broccato.

«Lucia» disse «vieni ad aiutarmi a prendere le misure per due vestiti. Intanto voi, signore, accomodatevi pure nel camerino».

Mentre la padrona e Lucia scomparivano con le damigelle, la lavorante bionda disse sottovoce chinandosi verso Fiorina:

«Altri due vestiti! Chissà se ce la faremo a finirli in così pochi giorni. Che ti dicevo? Vogliono tutte essere agghindate per la sfilata sul Canal Grande».

Ma la ragazzina non fece commenti e anzi continuò a tenere gli occhi abbassati sul suo lavoro, come se nulla intorno la interessasse.

La bionda fece le spallucce, un po' seccata, e riprese a cucire.

Quando la prova dei vestiti fu terminata e le damigelle se ne furono andate, la padrona entrò nel laboratorio e disse:

«Ragazze, è tardi. Tornatevene a casa adesso; ma mi raccomando, domani mattina vi voglio qui di buon'ora. Intanto tu, Bianca, porta in bottega queste stoffe e spazza la stanza».

Mentre le altre, dopo aver piegato con cura gonne e corpetti e riposto le matasse di filo, salutavano e lasciavano il laboratorio, Bianca si mise a spazzare con cura il pavimento e accostò le sedie al muro, ben allineate. Margherita uscì a portare qualcosa fuori, nel cortile interno, poi rientrò e chiuse la porta con una grossa chiave.

«Bene!» fece infine la donna controllando con un'ultima occhiata che tutto fosse a posto. «Adesso andiamo di sopra a mangiare un boccone».

Quella fu per Bianca la serata più bella che avesse trascorso da molto tempo ormai.

Mangiò a sazietà, il cibo era buono e la tavola apparecchiata con piatti di ceramica decorata e bicchieri di cristallo, disposti con grazia su una tovaglia finemente ricamata.

Una vecchia domestica dai modi bonari serviva le pietanze e a Bianca sembrò di essere diventata improvvisamente una di quelle ricche damigelle che venivano a scegliere stoffe e ordinare vestiti da ballo. Da principio si sentì un po' intimidita da tutto quel lusso. Non sapeva neppure come usare la posateria!

Margherita sembrò non accorgersene e durante la cena parlò amabilmente con lei, come se fosse una sua figlia o una nipote cara; si informò da dove venisse e si commosse quando Bianca le raccontò come, dopo la morte della nonna, avesse vissuto tutta sola nella vecchia capanna così lontana dal villaggio.

«Povera bambina» le disse. «Adesso noi due ci faremo compagnia. In una cassapanca di sopra ci sono dei vestiti che dovrebbero andarti bene. Domani te ne sceglierai qualcuno. Ma ora è tardi» aggiunse la donna alzandosi per abbassare il lume. «È tempo di andare a dormire. Vieni, che ti mostro la tua camera».

Quella notte Bianca, per la prima volta nella sua vita dormì su di un morbido materasso, tra lenzuola di lino bianco e profumato. Prima di addormentarsi guardò, come sempre, il medaglione con la dama ritratta e immaginò che le fosse accanto, a rimboccarle le lenzuola e a darle il bacio della buonanotte. La dama le sorrise compiaciuta, o così le sembrò.

«Buona notte, mamma» disse ad alta voce, poi ripose il monile in una scatola di legno intarsiato che stava appoggiata sul comodino di fianco al letto.

Infine spense il lume.

Cap. 6

IL RITORNO DI CATERINA

Era il sei di giugno dell'anno 1489.

Il Bucintoro avanzava solenne con il grandioso stendardo di San Marco gonfio di vento, tra squilli di tromba e rulli di tamburi. Gli facevano ala numerosi velieri ornati a festa da cui dame e cavalieri, paggi e damigelle salutavano con grazia la folla che attendeva assiepata lungo le rive del canale.

Sembrava di assistere alla celebrazione del matrimonio del mare, tanto era sfarzosa quell'accoglienza.

Dall'imbarcazione, Caterina sorrideva al popolo di Venezia. Vedeva gli sguardi ammirati e amorevoli della sua gente che affacciata ai balconi dei palazzi chiamava il suo nome, sentiva i richiami dei gondolieri, le strida dei gabbiani, ritrovava le cadenze i colori e l'atmosfera della città in cui era nata. Il cuore le batteva forte e ogni tristezza d'improvviso le sembrò svanita come per incanto, come per incanto sembrarono dimenticate tutte le sofferenze, tutte le paure e i lunghi anni passati lontano.

«Sono tornata, omai. Sono tornata» non faceva che ripetere tra sé e sé.

Salutava con la mano e ringraziava.

Vicino a lei, Delia si guardava intorno deliziata.

«Lo sapevo, lo sapevo mia regina che vi avrebbero atteso con tanta gioia. Guardate, c'è tutta la città ad applaudire e a chiamare il vostro nome!».

Caterina continuò a guardare la folla davanti a sé. Ma poi il suo sguardo si spinse più lontano, oltre il brulichio delle barche, là dove si poteva vedere soltanto lo specchio dell'acqua, in fondo, dove si delineavano pallidi e tremolanti i profili di isole solitarie.

Ora che rivedeva quei paesaggi, ora che sentiva di nuovo i profumi della sua infanzia, Caterina comprese quanto le fossero mancati e sentì una stretta al cuore; le sembrò di tornare indietro negli anni, quando era ancora una bambina.

Guardò verso il punto di approdo, sperando di scorgere tra tutta quella gente i visi amati delle sue sorelle. Le ritornarono in mente le risate tra le calli, mentre tutte insieme andavano alla messa della domenica, si ricordò dei nomignoli che si affibbiavano a vicenda, le venero in mente le liti, le marachelle, i giochi.

Chissà come erano cambiate!

Fu presa improvvisamente da una sorta di paura di non ritrovare le cose come le aveva lasciate. Vide Delia vicina, sorridente e serena, e le prese la mano come se la damigella potesse trasmetterle il suo ottimismo e la sua forza.

Delia la guardò con un sorriso interrogativo negli occhi.

«Le mie sorelle! Non vedo le mie sorelle, né vedo mia madre!» disse Caterina.

«Non vi preoccupate, mia regina, le vedrete, le vedrete! C'è tempo per ogni cosa. Ora godetevi questa grande festa; è la più grande festa che io abbia mai visto. Ah! potessi essere io al posto vostro! Ma pensate? Oggi siete la persona più importante dell'intera Repubblica di Venezia» poi abbassò la voce per non farsi sentire e aggiunse con il tono volutamente petulante che Caterina le conosceva bene: «Siete più importante perfino del doge!».

«Stsss!» fece Caterina preoccupata che il doge, che le sedeva accanto sotto l'ombrello d'oro, potesse aver sentito quelle parole un tantino irrispettose, ma per fortuna anche il doge stava rivolgendo la sua attenzione alla folla che acclamava, e in quel momento non badava affatto a loro due.

«Come sei impertinente!» rise allora Caterina di cuore guardando con scherzosa riprovazione la sua damigella e scuotendo la testa. «Ma come al solito hai ragione tu, c'è tempo per ogni cosa».

In quel momento le campane si misero a suonare festa. Erano arrivati, ormai.

Un gentiluomo le venne vicino e le offrì il braccio, per aiutarla nell'approdo. Caterina alzò leggermente una piega del vestito, perché non la intralciasse e discese dalla barca con l'eleganza di una regina.

La folla applaudiva e acclamava, ma quando finalmente il corteo si avviò verso la basilica di San Marco per la messa solenne, tutti i rumori sembrarono attenuarsi.

Si sentivano solo commenti sussurrati al passaggio della regina venuta dal mare:

«Com'è bella!».

«Guarda lo strascico del vestito».

«Hai visto quanti gioielli?»

«Ha un viso così gentile! Sembra una dea!»

Caterina stava ascoltando un nuovo discorso di un nuovo dignitario.

"Quanti ne mancheranno, ancora?" pensò soffocando un sospiro di impazienza. Adesso si sentiva affaticata e accaldata: le scarpe le facevano male, il corpetto sotto il vestito la stringeva.

Rivolse lo sguardo verso il fondo della basilica per cercare, tra tante facce dall'aria affettata e solenne, il sorriso di un viso amico. Quando posò gli occhi su Delia, la damigella gonfiò le guance e rivolse platealmente gli occhi al cielo, per farle capire quanto quella prosopopea la stesse facendo morire di noia.

"Che sfacciata!" pensò Caterina distogliendo lo sguardo per non scoppiare a ridere. Tuttavia non le sfuggì che accanto alla ragazza c'era il pittore dagli occhi neri e dai capelli ricci. Come si chiamava? Ludovico, Ludovico qualche cosa... non riusciva a ricordarne bene il nome, ora. Ricordò che aveva perduto la moglie durante la peste e che sognava di ritrovare la figlia.

Ripensò alla storia che lui le aveva raccontato a Corfù e le venne in mente che quella sera stessa le aveva consegnato un ritratto di donna, sua moglie, una giovane bella dagli occhi dolci e dai capelli ramati.

«Ma dove avrò messo quel ritratto?» si chiese ora. Con tutta quella confusione che aveva nella testa non riusciva proprio a ricordarsene, anche se era certa di averlo riposto con cura in qualche cassetto.

«Domani lo cerco» si ripromise.

L'improvviso silenzio della stanza la riportò bruscamente alla realtà. L'ultimo oratore aveva finito di parlare e tutti gli occhi erano puntati sulla regina.

"Tocca a me, ora" pensò.

Fece un respiro profondo, poi lentamente si alzò. Quando parlò la sua voce era ferma e autorevole:

«Io, Caterina dei Lusignano, dono il mio regno e la corona di Cipro, di Armenia e di Gerusalemme alla Serenissima Repubblica di San Marco per mano di sua Eccellentissima Signoria il doge».

Ecco, tutto era fatto, ormai. Tutto era compiuto. Sentì come se dentro qualcosa si fosse svuotato e comprese a malapena le parole del doge che, per ringraziarla, la stava nominando signora del feudo di Asolo e le riconosceva il titolo di maestà.

Ora che la cerimonia era terminata e che cominciavano le feste e i banchetti, Caterina sentì tutto a un tratto il peso della stanchezza.

Purtroppo non poteva stare quieta come avrebbe voluto: doveva ancora salutare molte persone, stringere molte mani, riconoscere molti visi.

Delia le venne in aiuto proprio mentre una dama impicciona le stava ponendo un sacco di domande, per scoprire se davvero il suo gesto generoso verso la Repubblica di Venezia fosse spontaneo o se piuttosto qualcuno non l'avesse costretta.

«Venite, maestà» disse la damigella interrompendo bruscamente la petulanza della dama e trascinandola via. «Di là c'è una questione urgente che dovete risolvere».

Quando furono nell'altra stanza Caterina guardò Delia con aria interrogativa.

«Sdraiatevi, sdraiatevi qui, mia regina. Non c'è nessuna questione da risolvere, mi sono inventata una scusa. È solo che vorrei che vi riposaste un po' finalmente».

«Ora non posso» obiettò Caterina. «Di là...»

«O, via! Lasciate che si arrangino di là. Fossi io la regina, farei solo quello che mi va. Sapete che cosa avrei fatto al vostro posto, prima, nel bel mezzo di tutti quei discorsi noiosi pomposi e infiniti? mi sarei alzata e avrei detto: 'Adesso basta! Mi avete proprio seccato! Lasciatemi in pace, io sono la regina' Ecco cosa avrei detto!»

«Ah ah, povera me! Ti immagini, Delia cara, che facce avrebbero fatto tutte quelle belle donne impomatate e quei gran signori bardati a festa se avessi detto proprio così? Eppure erano proprio queste le parole che avrei dovuto pronunciare!»

«Brava regina!» applaudì Delia. Poi ricordandosi improvvisamente di qualcosa di importante, aggiunse concitata:

«Lo avete sentito? Il doge vi ha donato il feudo di Asolo. Non siete contenta?».

«Delia, ma tu lo sai dove si trova Asolo?» domandò Caterina sollevando un sopracciglio.

«No! Non lo so, e neppure voi lo sapete, ci scommetto! Ma che importa? Sono sicura che là noi due troveremo il modo di divertirci un sacco, e balleremo e canteremo giorno e notte, promettetemi! E guai a chi si azzarderà a voler fare un solo discorso ufficiale».

«Ci puoi scommettere» disse Caterina. «Da oggi in poi niente più pompe magne e niente cerimonie, niente più obblighi. Ne ho abbastanza di tutto e di tutti».

In quel momento qualcuno bussò alla porta:

«Maestà, di là vi stanno aspettando».

Cap. 7

UNA SORPRESA, UNA SCOPERTA

Erano già passati due giorni da quando la nave di Caterina Cornaro aveva fatto approdo a Venezia e tutta la città era ancora in festa.

Bianca, dalla finestra della sua cameretta, osservava il via vai di persone che affollavano la via fin dalle prime ore del mattino, quando una voce la chiamò:

«Bianca, Biancaa! Vieni! C'è una sorpresa per te!».

Bianca discese gli scalini di corsa. Che sorpresa ci poteva mai essere?

Dal pianerottolo vide che Margherita stava parlando con qualcuno sulla soglia della bottega.

Quando la sentì arrivare si girò sorridendo.

«Vieni, figliola cara, c'è qui qualcuno che chiede di te» disse spostandosi e lasciando libero il riquadro della porta.

Bianca guardò incredula la figura che le veniva incontro con le braccia aperte.

«Signora Cate?» chiese sgranando gli occhi per la meraviglia. Un momento dopo si cullava felice nell'abbraccio della donna.

«Sì, cara, sono proprio io».

Bianca non ci poteva credere. Quando se ne era andata via dalla casa della merciaia aveva temuto che non l'avrebbe rivista mai più, né che avrebbe rivisto mai più la sua giovane amica di Oriago. E invece la signora Cate era venuta a cercarla, proprio come aveva promesso. Ringraziò Dio per aver messo sulla sua strada delle persone tanto buone.

«Grazie, grazie» non faceva che dire. «Elisabetta, come sta, Elisabetta?» domandò.

«Chiedediglielo tu stessa» disse la donna lasciandola libera dall'abbraccio «l'ho portata con me».

Elisabetta le venne incontro con una gioia in viso pari alla sua.

«Elisabetta!»

Le due ragazzine si scambiarono due baci pieni di affetto.

«Bianca, ma come sei diventata bella!» Elisabetta la scostò un poco per poterla vedere meglio. «E come sei elegante, fatti guardare un po'».

Anche la signora Cate la stava osservando, soddisfatta di quello che vedeva e approvava con piccoli cenni della testa le parole della figlia:

«È vero. Sembri cresciuta!».

Bianca si sentì avvampare per essere oggetto di tanta attenzione; abbassò lo sguardo intimidita e si lisciò la gonna non sapendo cosa altro fare.

«Su, entrate in casa» disse Margherita rivolta alle due ospiti. «Venite, venite, signore, avrete sete con tutto questo caldo, immagino» e le fece accomodare nell'elegante tinello mentre ordinava alla serva di portare qualcosa di fresco da bere. «Ma tu Bianca, se ti fa piacere, puoi accompagnare la tua amica a vedere la tua cameretta e il laboratorio».

«Va bene!» rispose per lei Elisabetta prendendola per mano. «Forza andiamo, muoio dalla curiosità!»

Mentre salivano gli stretti gradini coperti dall'elegante corsia a fiori, Elisabetta si rallegrò con lei per la buona sorte.

«Sei venuta a stare bene. Questa è una casa molto bella, e la padrona mi sembra una donna veramente buona e simpatica».

«Puoi dirlo. Non poteva capitarmi niente di meglio, Elisabetta cara. Forse è mia nonna che mi aiuta da lassù. Tu che dici?»

«Sicuro!»

«Sapessi, la padrona mi ha regalato un baule pieno zeppo di vestiti. Se vuoi, te li faccio provare».

«Certo che voglio!» Elisabetta si fermò sul pianerottolo a guardare in giù «Che casa grande!» esclamò, poi si rivolse alla sua amica. «Senti, la tua padrona ha dei figli?»

«No! È rimasta vedova subito dopo il matrimonio e poi non si è più risposata».

«Forse vorrà tenere te come figlia, allora».

«Magari!» Bianca fece un gesto con la mano come per dire che non bisogna desiderare troppo dalla vita. «Ecco, questa è la mia cameretta».

Bianca stava per abbassare la maniglia, quando sentì qualcosa cadere nella camera di fianco. Corrugò la fronte.

«Ma chi c'è nella camera della padrona?»

La serva non poteva essere, perché l'aveva vista andare al mercato a prendere il pesce e la verdura, e le ragazze non erano venute perché quello era un giorno di festa. Chi c'era, dunque?

«Chi è?» domandò a voce alta, mentre apriva con cautela la porta.

Uno sbuffo intenso di profumo di cera uscì dalla stanza. Fiorina inginocchiata davanti al comò smise di strofinare il legno con la pezza di lana che teneva in mano.

«Sono io» disse appoggiando lo straccetto sul pavimento ma senza alzarsi. «La padrona mi ha chiesto di passare un po' di cera sui mobili delle camere da letto e giù da basso in tinello».

«Ah bene!» le sorrise Bianca. «Vieni, Fiorina, che ti faccio conoscere la mia amica».

Fiorina si alzò di malavoglia e fece due passi in avanti.

«Piacere» disse senza inflessioni nella voce. Guardava con interesse la nuova venuta, assottigliando gli occhi finché non diventarono che due piccole fessure.

Elisabetta provò disagio a sentirsi fissare in quella maniera e diede uno strattone alla mano dell'amica.

«Dai, andiamo adesso. Ciao Fiorina e buon lavoro».

Quando furono nella cameretta di Bianca, Elisabetta osservò:

«Che strana ragazza».

«Be', sì!» ammise lei. «Ha quel modo particolare di guardare la gente ed è sempre molto silenziosa. Ma forse è solo timida».

«Su, quando me li fai vedere i vestiti che la padrona ti ha regalato?» fece Elisabetta guardandosi intorno.

«Eccoli, sono qui in questo baule!»

Le due ragazzine si divertirono ad indossare davanti allo specchio le ampie gonne e corpetti colorati che erano stipati nel cassone.

«Come sto?» chiese Elisabetta mentre guardava ammirata la propria immagine riflessa, da dietro l'elegante veletta che dalla testa le scendeva sugli gli occhi.

Dalla finestra aperta entravano voci gioiose e la confusione della festa sulle strade e sui campielli.

«Ma adesso basta fare le signore! Ora andiamo a divertirci fuori, senti che baraonda» disse Elisabetta affacciandosi alla finestra per guardare. «Mamma mia quanta gente! Dai, muoviti, andiamo anche noi».

«Non so se possiamo» tentennò Bianca.

«Che c'è di male? Basta chiedere il permesso!»

«Ma io non ne ho il coraggio» confessò.

«Va bene! Lo domanderò io a mia mamma, non ti preoccupare».

Quando le ragazzine si affacciarono alla porta del tinello, le due donne stavano parlando amabilmente.

Elisabetta tossì leggermente per interrompere il discorso e, quando sua madre girò la testa verso di lei, facendo una lieve riverenza, cominciò:

«Possiamo andare un pochino qui fuori, noi due?».

«È ora di togliere il disturbo, cara. Abbiamo approfittato fin troppo della buona ospitalità» le rispose la madre.

«Dai, mamma, solo un pochino! Per piacere!»

La signora Cate la guardò severa.

«Non essere sfacciata, figliola. La gente ha le sue cose da fare».

«Ma no, no» intervenne Margherita. «Se è solo per questo lasciate che facciano. Oggi è festa e la bottega è chiusa. E poi abbiamo avuto un sacco di lavoro, nei giorni passati e abbiamo bisogno di un momento di pausa anche noi. Avrete saputo che Caterina Cornaro è ritornata da Cipro, immagino».

«E come si fa a non saperlo?» sorrise la signora Cate.

«Questo è già il terzo giorno di festa. Lasciate, lasciate che le ragazzine vadano fino al campiello. Si divertiranno, vedrete. E poi, signora cara, avrei piacere di scambiare ancora due chiacchiere da sola con voi».

Margherita aspettò di sentire il rumore del portone di casa che si richiudeva alle spalle delle due ragazze prima di rivolgersi di nuovo alla signora Cate:

«E adesso raccontatemi di quella figliola. Voglio sapere tutto di lei».

«Mi pare giusto» disse la donna, poi abbassò il tono della voce e si chinò in avanti, come se volesse farle una confidenza all'orecchio. «Mi raccomando, promettetemi che le cose che ora vi dirò resteranno tra noi».

Fiorina che era appena scesa dalle scale con il suo passo silenzioso, si stava apprestando a lucidare la cassapanca nell'atrio, proprio dietro l'angolo del tinello, e quando sentì le donne parlottare fittamente mescolando le parole ai sospiri immaginò che stessero svelandosi qualche segreto importante.

Controllando che lo straccetto che aveva in mano fosse bene imbevuto di cera, si sedette per terra di fianco alla cassapanca, pronta ad avere un alibi se qualcuno l'avesse scoperta a spiare. Poi tese l'orecchio attenta. Quando sentì la voce della serva di ritorno dal mercato, che salutava qualcuno da dietro al portone, sobbalzò. Ormai aveva già sentito abbastanza.

Saltò in piedi e risalì di corsa la scala; davanti alla porta della cameretta di Bianca si fermò un attimo titubante, poi aprì. Sparsi sul letto c'erano alcuni vestiti, sollevò in fretta una gonna e uno scialle, poi si guardò intorno finché non scorse la scatola di legno intarsiato appoggiata sul comodino dall'altra parte del letto; velocemente la raggiunse e la aprì. Il contenuto della scatola la lasciò senza fiato: un lungo nastro di seta a cui era legato un ciondolo tempestato di pietre preziose. Dall'interno del ciondolo, una splendida dama la guardava con amore.

Istintivamente prese il monile, se lo cacciò nella tasca del grembiule e con la mente priva di pensieri si ritrovò a scendere di corsa le scale, ad aprire il portone e fuggire più lontano possibile.

Margherita alzò lo sguardo in tempo per vedere dallo specchio della porta la ragazzina che correva a più non posso verso la strada.

«Che cosa succede?» domandò alzandosi in piedi e andando velocemente verso l'atrio. «Fiorina, Fiorina!» chiamò affacciandosi all'uscio, ma la ragazzina era già scomparsa tra la folla. Quando tornò indietro, Margherita aveva un'aria pensosa.

Cate, che a sua volta si era alzata dalla sedia per andare a vedere cosa stesse accadendo, la sentì dire con una nota di disappunto nella voce:

«A volte penso che quella ragazza abbia qualche rotella che non funziona».

«Forse avrà visto qualcuno in strada e avrà avuto fretta di raggiungerlo».

«Forse! Ma eravamo d'accordo che le avrei dato un compenso extra per il lavoro di questa mattina. Vedete, a volte ho l'impressione che non diano abbastanza da mangiare a quella piccola, e per questo le do da fare qualche commissione, per farle guadagnare qualche spicciolo in più. Temo che la sua famiglia sia molto povera».

«Cosa sapete di lei?»

«Non molto, a essere sinceri» confessò Margherita. «Ce l'ho qui solo da un mese. Si è presentata una mattina, è entrata in bottega a chiedere se le potevo dare da lavorare e io le ho detto di sì. Le ho detto: 'presentati qui domani di buon'ora' e lei è venuta. Ma in realtà non conosco nessuno dei suoi parenti».

In quel momento la vecchia domestica si affacciò dalla porta della cucina.

«Per quanti devo preparare, signora Margherita?»

«Preparate per quattro, Marietta. Come vedete abbiamo questa gradita ospite e sua figlia quest'oggi a mangiare con noi».

«Non vi posso permettere un simile disturbo» protestò Cate, ma la padrona di casa ribatté:

«Non se ne parla neppure, è un vero piacere».

Cap. 8

LA FUGA DI FIORINA

Tra le calli e nei campielli c'era il via vai delle grandi feste, ma Fiorina continuò a correre facendosi largo a spintonate tra la folla. Si fermò a prendere un po' di fiato solo quando ebbe raggiunto la piazza del mercato. Nella tasca, il gioiello sembrava pesarle incredibilmente.

Ora che il cervello le stava finalmente tornando lucido cominciò a comprendere la gravità del suo gesto. Ma, come aveva potuto compiere un simile furto, proprio in quella casa dove era stata trattata tanto bene, proprio a quelle persone che l'avevano accolta e che le stavano insegnando un lavoro? Si guardò intorno con il cuore che le pulsava forte e le sembrò che la gente potesse scoprire il suo segreto solo guardandola in viso.

Dalla porta di una bettola un vecchio la fissò e lei si sentì avvampare. Riprese a correre a più non posso, finché non raggiunse una calle stretta, di solito poco frequentata. Sapeva che là c'era una vecchia chiesa e quando la raggiunse si sedette sui gradini. Di entrare non aveva coraggio, ma poi il sole che picchiava la costrinse a varcare la soglia.

C'erano buio e pace, all'interno, e un certo odore di incenso; da qualche parte veniva una voce salmodiante.

Il silenzio e la penombra la aiutarono a mettere insieme i suoi miserevoli pensieri: altre volte aveva rubacchiato qua e là, è vero, ma erano stati furterelli di nessun peso fatti solo per procurarsi qualcosa da mangiare quando i morsi della fame non le davano tregua.

Questa volta però era diverso.

Per un momento le balenò l'idea di tornare indietro a chiedere scusa, di restituire il maltolto.

«Ma se poi mi fanno chiudere in prigione?» si domandò, e nonostante il caldo afoso della giornata sentì un brivido freddo percorrerle la schiena.

E, anche se la padrona alla fine avesse deciso di non denunciarla, come avrebbe potuto mai perdonarla? E come avrebbe potuto permetterle di entrare ancora nella sua bottega, di lavorare ancora per lei? Tutti alla fine avrebbero saputo che la piccola Fiorina era solo una miserabile ladra.

Sospirò. Il campanile della chiesa cominciò a

battere i rintocchi… uno… due… tre… Fiorina li contò. Era mezzogiorno, ormai, e lei non aveva ancora deciso cosa fare.

Fiorina non mangiava dal mezzogiorno del giorno prima e a ricordarglielo con forza fu il profumino di arrosto e di pane appena cotto che, da qualche finestra affacciata sulla calle, entrava dalla porta aperta della chiesa e si mescolava all'odore delle candele.

La sera suo zio era tornato a casa ubriaco più del solito e le aveva dato un sacco di botte, così lei era scappata via, e aveva aspettato che venisse notte fonda prima di avere il coraggio di ritornare nella baracca a coricarsi sul paglericcio sudicio, senza cena.

«Peggio per me!» si disse. «Se avessi fatto bene il lavoro che mi era stato ordinato invece di rubare, la signora Margherita mi avrebbe dato un bel po' di monetine e ora non sarei qui a morire di fame».

Una vecchia si alzò da uno dei banchi davanti e, passandole vicino, si fermò un momento a guardarla.

Istintivamente la ragazza scattò in piedi, pronta a correre via, ma aspettò che la vecchia fosse uscita prima di varcare a sua volta la porta della chiesa e scendere lentamente gli scalini.

Era indecisa sulla strada da prendere, e alla fine si avviò dalla parte del porto. Camminò fino all'imbrunire tra viuzze maleodoranti, dubbiosa se tornare a casa o se dormire da qualche parte all'aperto quella notte. Lo stomaco aveva cominciato già da un po' a reclamare, e improvvisamente si sentì debole e spossata.

Fu per questo che alla fine prese una decisione: ritornò velocemente sui suoi passi, giunse di nuovo all'altezza della chiesa, svoltò l'angolo e si avvio verso una calle stretta e buia. Non si fermò finché non raggiunse l'ultima porzione di un edificio basso e cadente. Un debole barlume di luce illuminava una minuscola finestra. Un cane abbaiò da qualche parte.

Fiorina aspettò un momento prima di bussare, poi prese in mano il battente e colpì timidamente la porta. Un uomo dai capelli unti si affacciò quasi subito. La guardò di sottecchi.

«Che vuoi, ragazzina?»

Appena lo vide lo riconobbe: era lui, il Pipistrello, così lo chiamava la gente. In tutto il porto si sapeva che quell'uomo comprava oggetti preziosi senza fare troppe domande.

«Avrei una cosa da farvi vedere».

«Va bene, entra».

Nella stanza semibuia c'era un pesante odore di muffa.

«Dai sbrigati» disse l'uomo bruscamente e aspettò con malcelata impazienza che Fiorina si decidesse a togliere l'oggetto dalla tasca, ma quando la ragazzina cominciò a svolgere il lungo nastro si fece improvvisamente attento e interessato.

«Fa' vedere» disse raccogliendo il ciondolo nel palmo di una mano, mentre con l'altra alzava il lume per guardare meglio.

Girò e rigirò il ciondolo fra le mani, tossicchiò e si schiarì la voce, infine le domandò guardandola fissa negli occhi:

«A chi l'hai rubato? Non mi starai per caso mettendo nei guai, ragazzina?».

«È mio, signore!» disse lei.

«Non raccontare frottole, piccola bugiarda». La voce dell'uomo si era fatta minacciosa. «Questa è roba da ricchi, altroché. E adesso dimmi, a chi l'hai rubato?»

Fiorina cercò disperatamente una scusa credibile da raccontare e improvvisamente le venne in mente la storia che aveva sentito quella mattina stessa, nella casa della signora Margherita, mentre ascoltava di nascosto.

«Me l'ha lasciata mia madre prima di morire».

«Tua madre? Ma quale madre? Credi forse che sia uno stupido, ragazzina?»

«Mia madre era una nobildonna, signore. È lei la dama del ritratto, vedete come mi somiglia. E mio padre era un pittore ed è dovuto fuggire lontano perché dei sicari lo stavano inseguendo. Io sono rimasta sola al mondo con la mia vecchia nonna. Ma ora ho troppa fame, per questo sono venuta da voi signore; se non fosse per tutta questa fame mai e poi mai mi priverei di un così caro ricordo. Sto dicendo la verità, signore, credetemi, per l'amor di Dio».

Le sue lacrime erano così convincenti che l'uomo alla fine decise di prestarle fede, o forse finse solo di farlo, per evitare di venire a conoscenza di particolari che lo avrebbero costretto a rinunciare al gioiello.

Alzò le spalle, prese da un chiodo una piccola chiave, aprì un cassetto e vi infilò la mano.

«Ecco, prendi» disse infine a Fiorina posandole sul palmo che lei tendeva un piccolo gruzzolo. «Tieni la bocca ben chiusa o sarà peggio per te!»

«Ma signore» protestò la ragazzina «questi non sono che pochi miserabili spiccioli e invece quel gioiello vale una vera fortuna».

«Accontentati di questo, per ora. Tra qualche

giorno ripassa e, se avrò venduto il ciondolo a un buon prezzo, spartirò il denaro con te, non temere» e con un braccio la spinse rudemente fuori dalla stanza e richiuse la porta alle sue spalle con il catenaccio.

Fiorina sapeva che l'uomo la stava imbrogliando e che non le avrebbe dato un solo soldo di più, né oggi né mai. Ma lei che cosa ci poteva fare?

Rimase là fuori indecisa se andarsene o se mettersi a battere i pugni sulla porta e gridare per richiamare l'attenzione di qualcuno che venisse a prendere le sue difese contro quel prepotente.

La testa le diceva che era molto più ragionevole lasciare perdere: ammesso che qualcuno fosse stato disposto ad aiutare una povera stracciona e a mettersi contro quel losco figuro, la sua storia non avrebbe comunque retto a lungo e lei alla fine si sarebbe ritrovata chiusa in una cella buia.

Sentì un suono di flauto provenire da un campiello poco lontano e lentamente si mise a seguire la musica. Sapeva che più in là c'era un paio di bettole dove con due soldi si poteva mangiare una discreta porzione di pane e pesce fritto.

Cap. 9

UN BALLO MOLTO DIVERTENTE

«Andiamo fino alla piazza di San Marco, là sì che se ne vedono di dame e cavalieri!»

«No, fermiamoci qui, Elisabetta, ci siamo già allontanate abbastanza, non vedi? Ci avevano dato il permesso di venire solo fino al campiello, sono sicura che poi ci sgrideranno».

«E chi glielo dice che siamo arrivate fino a qua? Io no di certo!»

Da quando erano uscite di casa, Elisabetta le era stata sempre davanti di qualche passo e, con tutta la gente che c'era sulla via, Bianca aveva temuto più volte di perderla di vista.

«Vieni Bianca, su, non è molto lontano, appena due calli e ci siamo» sbuffò sollecitandola a non fermarsi.

«Mmm, non so».

«Di che hai paura?» Finalmente si fermò ad aspettarla.

«E se poi ci perdiamo?»

«Ma va! La so io la strada!»

«E se facciamo tardi?»

«Diremo che è tutta colpa mia, va bene?»

Elisabetta non le diede neppure il tempo di ribattere che già ricominciò a camminare velocemente, facendo una gimcana tra la folla.

«Che si deve fare con te?» Bianca allargò le braccia in un gesto di resa. Lo sapeva, la sua amica era fatta così, indisciplinata e testarda, e quando si metteva in testa una cosa non c'era verso di farla ragionare. Mentre la seguiva ripensò per un momento alle due donne che stavano attendendo nel tinello di casa e si sentì rimordere la coscienza.

«Oh, finiscila!» rimproverò se stessa. Quello era un giorno di festa, tutti si stavano divertendo e così avrebbe fatto anche lei per una volta almeno. «Ai tuoi guai ci penserai domani».

Sentì un certo suono spargersi nell'aria e si girò.

Un suonatore di liuto le passò accanto ricavando dallo strumento una musica dolce e morbida; lo seguiva un piccolo scanzonato corteo di dame e cavalieri. Al loro arrivo la gente faceva ala intorno e adeguava il passo alla loro andatura, indugiando e fermandosi quando loro si fermavano per qualche gioco o per un giro di danza. Si lasciavano riempire gli occhi da quello spettacolo di gioiosa eleganza, felici di avere qualcosa da raccontare quando fossero tornati alle proprie case.

Anche Bianca fu presa da quell'allegro vortice e, dimenticando la sua compagna di avventura, si lasciò trascinare dalla rumorosa corrente umana. Le sembrava di vivere in una delle scene che le ragazze del laboratorio avevano descritto tanto accuratamente nei loro racconti sulla regina di Cipro e il suo seguito.

Tutto era proprio come l'aveva immaginato: i cavalieri eleganti e le dame raffinate, i servitori dalle livree bordate d'oro e le ancelle attente ad anticipare ogni desiderio delle loro padrone.

Tutto era perfetto e lei non riusciva proprio a distogliere lo sguardo. Una damigella tra tutte le sembrava particolarmente affascinante e gioiosa; aveva gli occhi dorati e luminosi e i riccioli ribelli le sfuggivano dalla reticella che li avrebbe dovuti contenere. Era lei che suggeriva al suonatore una nuova musica da suonare o che gli indicava una diversa direzione da prendere, era lei che inventava nuovi scherzi e nuovi giochi.

Quando il gruppetto fu nel mezzo di un campiello il suonatore di liuto si fermò intonando un allegro saltarello. Subito la damigella adocchiò un signore dalla faccia rugosa e bonaria che se ne stava appoggiato al parapetto di un pozzo e allungava lo sguardo per vedere cosa stesse succedendo. Gli si avvicinò a passo di danza e con un inchino aggraziato e con gesto svolazzante della mano lo invitò a ballare con lei.

L'uomo, forse un pescatore o forse un artigiano, sorrideva con la bocca sdentata schermendosi con piccoli tentennamenti della testa, ma la ragazza insisteva e alla fine lui si lasciò convincere e cominciò a muovere dei timidi saltelli; la folla si mise a incitare e a battere le mani al ritmo della musica e l'uomo, spronato dagli applausi degli spettatori e visibilmente orgoglioso di essere al centro della scena con una così splendida dama, prese una sempre una maggior confidenza con la danza e finì con l'abbandonarsi a quelli che forse gli sembravano dei veri e propri virtuosismi del saltarello, suscitando l'ilarità generale.

Bianca era così presa dall'allegria, che trasalì lievemente quando una voce maschile alle sue spalle superò il rumore della musica e delle risate:

«Delia! Delia!».

Subito la damigella interruppe la danza e si girò cercando di individuare da dove provenisse la voce.

«Ah, siete voi!» disse infine soffermandosi su di

un viso. «Siete voi, Ludovico!» ripeté con una esitazione nella voce. Improvvisamente pareva intimidita.

Gli sguardi di tutti ora si concentrarono sul cavaliere e lo seguirono mentre lui andava incontro alla dama. Il profilo nobile e la pelle abbronzata fecero pensare a Bianca che si trattasse di un principe che veniva dall'oriente.

Quando il cavaliere fu accanto alla damigella, disse:

«Sapeste quanto ho sperato di incontrarvi, Delia cara».

«Anch'io desideravo vedervi, Ludovico».

I due parlavano piano e i presenti tesero l'orecchio inutilmente per capire le parole che venivano pronunciate. Nemmeno Bianca riuscì a sentire, anche se si trovava così vicina che avrebbe potuto toccare il vestito frusciante della damigella solo allungando la mano.

Un'altra dama dal sorriso cordiale venne dal gruppo.

«Ludovico della Vigna, ma quale piacere! Vi unirete a noi, spero!»

«Certamente, signora, sono qui per questo!»

Bianca guardò il cavaliere e la damigella che si allontanavano insieme fino a quando la visuale glielo consentì, e quando scomparvero oltre la marea di gente sentì una strana e inspiegabile malinconia inondarle il petto. Era come quando di sera, prima di dormire, ripensava a sua nonna e le prendeva quella nostalgia profonda, una pena per le cose perdute e lontane che non sarebbero ritornate. Era come un bel sogno che se ne andava.

Due bambini le passarono accanto di corsa, un terzo le venne a sbattere contro facendola quasi cadere.

«Oh, dico!» protestò lei.

All'improvviso si ricordò di Elisabetta. Dove mai poteva essere? La cercò con gli occhi. Ma quanto tempo era passato? Non ne aveva idea. Forse la sua amica a quest'ora era già arrivata a San Marco.

Vagò inutilmente nei pressi del campiello, sempre più preoccupata e indecisa sul da farsi; alla fine chiese a una donna:

«Mi può indicare la strada per arrivare a San Marco?».

La donna ci pensò su: «Uhmmm, da qui è un po' complicato, ma tu segui la folla. La gente va tutta a San Marco, alla fine».

Bianca ringraziò e già si accingeva a seguire il consiglio, quando il campanile di una chiesa vicina si mise a suonare la campana del mezzogiorno.

«Santo cielo, com'è tardi! Povera me! lo sapevo, lo sapevo io che sarebbe andata a finire così».

Cominciò a pensare se non le convenisse tentare di tornare a casa da sola quando una mano te toccò la spalla e lei si girò di istinto. Per fortuna era Elisabetta.

«Ah! Sei qui. Dove ti eri cacciata? Mi giro e non ti vedo più!» esclamò molto arrabbiata.

«Sei tu che sei sparita!» la rimproverò a sua volta Bianca. «Te l'avrò detto non so quante volte di aspettarmi».

Fecero un po' di strada senza parlarsi, poi Elisabetta la guardò di sghimbescio.

«Senti» le disse «siamo già abbastanza inguaiate così, non ti pare? Dobbiamo restare alleate se vogliamo rimanere vive. Sono sicura che mia madre mi spella».

Bianca era anche più preoccupata. «E io non so cosa penserà di me la signora Margherita»

Si presero per mano e si misero a correre a perdifiato. Arrivarono davanti alla bottega che erano trafelate, Bianca spinse timidamente la porta, e quella si aprì. Appena entrarono nell'atrio la signora Cate si affacciò alla porta della cucina.

«Siete voi, ragazze? Bene, giusto in tempo per il pranzo».

Tirando un sospiro di sollievo per l'insperata conclusione della loro piccola avventura, si misero a tavola lanciandosi tra un boccone e l'altro significative occhiate di intesa.

«Ma si può sapere che avete?» domandò alla fine Margherita, raccogliendo in un piatto gli avanzi del pollo e preparandosi a servire il dolce.

«Niente, niente!» risero loro.

«Ho capito, avete dei segreti che non volete che scopriamo!» disse la donna. «Bene! c'è ancora un po' di tempo prima della partenza del battello. Potete andare di là a parlare delle vostre cose, se volete. Non è vero, signora Cate?»

Bianca propose a Elisabetta: «Torniamo su, in camera mia a sistemare il disordine che abbiamo lasciato, e intanto potremo guardare dalla finestra la gente che passa».

Aveva voglia di raccontare alla sua amica della bella damigella e del nobile cavaliere che aveva visto poco prima, perché anche durante il pranzo non aveva mai smesso di pensare a loro. Si portava ancora dentro quella dolce malinconia che l'aveva presa quando la dama e il cavaliere erano scomparsi dal suo orizzonte.

Salirono di corsa gli scalini che portavano al piano superiore.

La porta della camera era aperta e i vestiti erano sparsi sul letto in gran disordine.

«Mamma mia, guarda che confusione!» fece Elisabetta raccogliendo una gonna per passarla alla sua amica.

Bianca neppure le badava, concentrata com'era con lo sguardo fisso, impietrito sul cofanetto di legno aperto sul pavimento.

Elisabetta guardò a sua volta il cofanetto e corrugò la fronte: «Che c'è?».

«Il ciondolo!» mormorò Bianca chinandosi a raccogliere la scatola e toccandone il fondo, come se la mano potesse smentire quello che gli occhi stavano vedendo.

«Quale ciondolo?» Ma Bianca non le badava.

Con il cofanetto in mano ridiscese lentamente le scale. Quando entrò in cucina aveva gli occhi pieni di lacrime.

«Il ciondolo» singhiozzò mostrando il fondo della scatola «è sparito».

Margherita e Cate si alzarono di scatto.

«Ma come? Cosa vuol dire è sparito?»

Bianca era così affranta che neppure si domandò come le due donne potessero comprendere di quale ciondolo lei stesse parlando: «Era qui e non c'è più. Qualcuno l'ha rubato».

«Rubato?» Cate aggrottò la fronte, incredula, ma a Margherita fu subito tutto chiaro:

«Fiorina!» disse. «Ora mi spiego perché se ne è scappata via senza nemmeno salutare».

«Già! Deve essere stata proprio lei» ammise Cate.

Elisabetta non riusciva a capirci niente di niente, ma di quale ciondolo stavano parlando tutti? Avrebbe voluto saperne qualcosa di più, ma capiva che quello non era il momento di chiedere spiegazioni. Prese solo la sua amica per mano, nella speranza di consolarla.

Negli occhi di Margherita passò un lampo.

«Va bene!» disse la donna con determinazione. «Adesso noi andiamo a cercare Fiorina e ce lo riprendiamo».

Cate domandò: «E dove la cerchiamo?».

«A casa sua».

«Ma voi lo sapete dove abita?»

«Più o meno. Ma non importa, quando saremo là nel quartiere chiederemo informazioni; se facciamo presto ci arriviamo in meno di un'ora».

Camminarono veloci, senza parlare. Le strade non erano più così affollate; a quell'ora la gente stava pranzando e dalle finestre aperte sulla strada venivano tintinnii di bicchieri e di posate, voci richiami e risate.

Quando furono nella zona del porto, presero una viuzza stretta e maleodorante. Sulle loro teste sventolavano stracci malamente lavati stesi ad asciugare. Bianca vide un topo attraversare un cortile, senza fretta. Qui la festa per la regina non sembrava neppure arrivata.

«Ecco, questa è la calle» disse Margherita guardandosi intorno per trovare qualcuno che sapesse indicarle la casa che stavano cercando. Un bambino affacciato alla finestra le osservava. Margherita gli si avvicinò per chiedere informazioni e il bambino rispose segnando con il dito una casupola diroccata in fondo alla via.

La raggiunsero; la porta era semiaperta.

Margherita bussò, ma non venne nessuno. Bussò di nuovo ed attese, poi chiamò:

«Fiorina, Fiorinaa!».

Si affacciò finalmente una donna con un bimbetto in braccio.

«Fiorina non c'è. Cosa volete da mia nipote?»

«Avrei bisogno di parlarle». Margherita scrutò oltre la soglia buia. «È una cosa urgente!»

«Se non c'è non c'è» rispose la donna in malo modo. Un uomo arrivò dietro di lei e le chiese:

«Si può sapere cosa ha combinato ancora quella buona a nulla? Ha passato un'altra notte fuori, ma quando arriva vedrai come gliele suono a quella miserabile pidocchiosa».

«Sta buono» disse la donna con voce stanca. Margherita vide che era ubriaco.

Si rivolse di nuovo alla donna che la stava ancora guardando, ostile.

«Non temete, non è successo nulla. Quando ritorna ditele solo che Margherita avrebbe bisogno di parlare urgentemente con lei».

Cap. 10

DAVVERO UNA BUONA GIORNATA

Il fascio di luce dorata che entrava da fuori, era un invito al buonumore e Delia si svegliò con la certezza che quella sarebbe stata di sicuro una buona giornata.

Era passata una settimana dal loro arrivo a Venezia, ormai. I festeggiamenti, che erano durati per ben tre giorni, avevano lasciato stremata Caterina e con lei anche tutti quelli che facevano parte della sua cerchia più ristretta, nobildonne o servitori che fossero, così Delia ora stava gustandosi la delizia del dolce far niente.

La sontuosa dimora dei Cornaro si affacciava sul Canal Grande e dalla camera si potevano sentire in lontananza i richiami dei barcaioli e le voci dei pescatori e degli erbivendoli che arrivavano con le barche cariche di pesci e di verdure per prepararsi a una nuova giornata di mercato.

Delia si stirò pigramente sul letto e lasciò che i pensieri venissero lenti.

Ricordò quanto le aveva detto la regina la sera prima:

«Non riesco più a trovare il ritratto che Ludovico della Vigna mi ha consegnato durante la navigazione da Cipro. Se vuoi poi venirmi ad aiutare a cercarlo, domani mattina... l'ho messo da qualche parte, ma con tutta questa confusione non mi viene in mente dove. Voglio che lo veda Zotti il gioielliere, caso mai quel ciondolo gli sia passato tra le mani, sempre che se ne ricordi a distanza di tanti anni».

«Vi aiuterò a cercare, maestà».

Rivide con la mente il volto di Ludovico della Vigna e sentì il cuore batterle forte.

Ricordò le parole che lui le aveva rivolto la mattina del giorno prima:

«Delia cara» aveva detto «purtroppo io sto per partire per un viaggio d'affari che mi terrà lontano da Venezia per due mesi almeno. Ma voi promettetemi che quando tornerò sarete ad aspettarmi».

«Certo che ci sarò!»

Due mesi, forse tre! Le parevano un tempo interminabile, ma lei lo avrebbe usato per concentrarsi nella sua ricerca del ciondolo, e con l'aiuto di Dio forse avrebbe potuto scoprire che fine aveva fatto la piccola bambina di cui Ludovico aveva perso le tracce tanti anni prima.

Un buon profumo di focacce appena sfornate che proveniva dalle cucine le fece venire l'acquolina in bocca. Sì, quella sarebbe stata davvero una buona giornata, si disse mentre buttava per aria le coperte e saltava giù dal letto.

Si mise uno scialle leggero sulle spalle e andò direttamente verso la stanza della regina chiedendosi se l'ora non fosse ancora inopportuna, ma appena vi giunse vide che la porta era spalancata.

Si affacciò: Caterina non c'era. La trovò nel salone che teneva un disegno srotolato tra le mani.

«Ah, Delia, sei qui. Stamattina svegliandomi mi sono finalmente ricordata di aver messo il ritratto in questo baule. Mi sono dovuta alzare, tanto era l'urgenza di venire a controllare. Ho già dato ordine di far chiamare Zotti, il gioielliere, e lo sto aspettando. Dovrebbe arrivare a momenti. Ma vieni, vieni a vedere quant'è bella questa dama, e quanto è abile Ludovico nell'arte dei ritratti. Mi piace molto il suo segno, così preciso, così minuzioso. Quando ritornerà gli commissionerò anch'io un ritratto».

Delia le si avvicinò e tese le mani, Caterina le consegnò il disegno.

«È vero» disse inclinando la testa perché nessun particolare le sfuggisse. «Il disegno è meraviglioso e la dama splendida. Guardate che sorriso, sembra che ci inviti a cercare sua figlia, non vi pare?»

Caterina le rivolse uno sguardo indagatore:

«Mi pare che la storia del bel pittore ti coinvolga molto. O sbaglio?» chiese. Poi, senza aspettare la risposta continuò: «E a lui piaci tu, ne sono certa; ho osservato bene come ti guarda e come è premuroso quando ti è vicino. Non ti nascondo che l'idea di un vostro fidanzamento mi farebbe molto felice».

Delia si sentì arrossire e, mentre cercava affannosamente le parole per replicare, un servitore venne ad annunciare che era arrivato il gioielliere.

L'uomo osservò a lungo il disegno. La regina gli aveva riassunto in breve la storia del ciondolo e del pittore, sperando di ottenere qualche informazione.

«Si, ora ricordo» rispose lui restituendole il foglio. «È successo molto tempo fa. Un uomo è venuto nella mia gioielleria e mi ha raccontato questa stessa vicenda; portava con sé proprio questo disegno. Ricordo che la storia mi colpì molto e feci un'accurata indagine tra i miei colleghi gioiellieri, sperando di essergli utile in qualche modo. Purtroppo allora la ricerca non ebbe un esito favorevole, né credo che il gioiello sia stato visto successivamente qui a Venezia, altrimenti non avrei mancato di venirne a conoscenza».

Vedendo la faccia delusa delle due dame il gioielliere si rammaricò:

«Credete, dispiace anche a me», poi tacque un poco, riflessivo, e riprese: «Si potrebbe fare un altro tentativo, però. Diciamo che se qualcuno si fosse impossessato del ciondolo in una maniera poco onesta, per esempio se lo avesse rubato, si sarebbe guardato bene dal proporlo a gioiellerie oneste, non vi pare?».

«A chi potrebbe averlo portato, secondo voi?»

«A qualche ricettatore, a qualcuno senza troppi scrupoli».

«Sapete se ce ne sia qualcuno, qui a Venezia?» gli domandò Caterina.

Il gioielliere rise. «Potrei farvi tanti di quei nomi, regina mia! Ma lasciatemi pensare, c'è un tale, soprannominato il Pipistrello che abita nei pressi del porto. Se c'è qualcosa da sapere lui la sa di sicuro, statene certa».

Gli occhi di Delia brillarono.

«Signor Zotti, ditemi dove posso trovare quest'uomo e andrò io stessa a interrogarlo».

Il gioielliere alzò le spalle:

«Non voglio alimentare false speranze, damigella mia. Rendetevi conto che si tratta di un'ipotesi improbabile che mi è venuta in testa non so nemmeno io come. E poi è passato così tanto tempo dagli anni della peste».

«Non c'è nulla da perdere a fare un tentativo, vi pare?» rispose la ragazza.

«Va bene!» si arrese il gioielliere. «Ma vi avverto che quella zona non è la più adatta a una signora come voi».

«Non vi preoccupate» lo tranquillizzò la damigella. «Mi farò accompagnare. Sempre che voi, maestà, siate d'accordo».

Caterina la guardò con affetto:

«Certo Delia, vacci pure. Come ben sai, ho molto a cuore questa vicenda».

Quando bussarono alla porta, il Pipistrello stava rigirando tra le mani un ciondolo dalla montatura tempestata di rubini. Era un oggetto di ottima fattura ed era certo che ne avrebbe potuto ricavare un bel po' di quattrini. Sorrise alla dama che dal centro del medaglione gli stava sorridendo. Un sorriso complice, pensò.

Il colpo alla porta lo fece sobbalzare.

«Rompiscatole!» borbottò mentre riponeva il gioiello nella cassetta di ferro incassata nel muro. Ci appese sopra un vecchio quadro che ritraeva due avventori in un'osteria mentre sollevavano i bicchieri, poi andò alla porta.

Prima di aprire guardò allo spioncino: là fuori, accompagnata da due forzuti servitori, c'era una dama molto elegante.

Cosa veniva a fare una nobildonna in quel negozietto scuro e anonimo? Certamente niente di buono per lui e si domandò se non gli convenisse far credere che nella bottega non ci fosse nessuno.

Ma la dama insisteva, così alla fine aprì la porta.

«Buongiorno signora, in che cosa posso esservi utile?» chiese sperando che la voce non tradisse la sua preoccupazione.

Delia non lo lasciò proseguire. Srotolò il disegno e glielo sistemò sotto il naso.

«Cosa mi sapete dire di questo ritratto?» Aveva immaginato che se l'uomo fosse stato al corrente di qualche cosa non l'avrebbe rivelata facilmente. Per questo aveva deciso di partire all'attacco.

L'uomo trasalì.

«E che cosa dovrei mai dirvi?» ripose cautamente.

Delia intuì che aveva paura e proseguì nella sua tattica:

«O, via! Un viso come questo non si dimentica, e non si dimentica neppure un magnifico gioiello».

«Di quale gioiello parlate?»

«Non mi fate penare» disse la dama. «Sono certa che a Caterina Cornaro dispiacerebbe molto una vostra bugia. Sapete, è a nome suo che sono qui».

A sentire pronunciare il nome della regina l'uomo deglutì vistosamente. Pensò di non avere scampo, tuttavia cercò con gli occhi una via di fuga ma vide che i due servitori gli sbarravano l'uscita. Allora si arrese e allargando le braccia si scusò:

«Lo sapevo, lo sapevo io che quella piccola pidocchiosa mi stava mentendo!».

«Di quale pidocchiosa parlate?»

«Di quella che è venuta qui a portarmi il ciondolo».

«Quando?» lo incalzò Delia.

L'uomo esitò, cercando di ricordare: «Forse giovedì o venerdì della settimana passata».

Delia sobbalzò. Possibile? Una simile fortuna non se la sarebbe mai aspettata!

«Fatemi vedere il ciondolo, presto».

Maledicendo la sua cattiva sorte, il Pipistrello tolse il quadro dalla parete e aprì la cassaforte. Quando le consegnò il monile, Delia vide che le mani dell'uomo tremavano.

«Bene!» disse. «Il ciondolo è proprio questo». Era un gioiello meraviglioso, degno di una regina e in altre circostanze si sarebbe soffermata a lungo ad ammirarlo, ma ora non c'era tempo.

L'uomo si lamentava a bassa voce:

«Io non volevo, ma quella piccola pezzente mi ha raccontato una storia che ti cava il cuore».

«Che cosa vi ha detto?»

«Mi ha fatto credere che la donna del ritratto è sua madre, che è morta di peste e che è stato suo padre a creare questo gioiello. Mi ha detto che anche suo padre forse è morto, perché è partito molti anni fa e non ha più fatto ritorno. E io che le ho creduto e mi sono fatto intenerire. Non immaginate neppure quanto l'ho pagato, questo gioiello e ora mi trovo nei pasticci... per il colpa del mio buon cuore... per colpa di quella piccola bugiarda». Dalla bocca dell'uomo le parole e i sospiri sgorgavano come un fiume in piena, ma Delia lo interruppe bruscamente:

«Quella piccola bugiarda vi ha detto la verità. E ora ditemi, dove posso trovare la ragazzina?».

«Non lo so, io non l'avevo mai vista prima».

Delia lo scrutò e capì che questa volta il Pipistrello non stava mentendo.

«Bene! Queste sono per il ciondolo» disse mettendo sul bancone un cospicuo gruzzolo di monete d'oro. «Se troverete la ragazzina ne avrete molte di più, e inoltre la regina vi sarà grata per sempre».

Cap. 11

IL CORAGGIO E LA MENZOGNA

Il Pipistrello socchiuse un'altra volta la porta e controllò se per caso non ci fosse la ragazzina, ma malauguratamente il portico era deserto. Quella piccola rompiscatole era venuta più volte a bussare alla sua porta per reclamare altri soldi nei giorni precedenti, e lui non le aveva mai aperto infastidito come era della sua insistenza. Ma adesso era diverso, ora la stava aspettando. Confidava che sarebbe tornata perché sapeva che il denaro le serviva per procurarsi da mangiare: la fame è una brutta bestia.

«Verrà» disse. «Tranquillo, vecchio mio, basta aspettare».

Ripensò ancora una volta a tutta quella vicenda che non aveva né capo né coda. Chi l'avrebbe mai detto che quella piccola stracciona fosse la figlia di gente importante, e che quel meraviglioso gioiello fosse davvero suo e non rubato dallo scrigno di qualche ricca dama presso cui stava lavorando come camerista. E che la stessa Caterina Cornaro la facesse cercare così assiduamente.

Caterina Cornaro, la regina. Chissà, pensò perplesso grattandosi la barba rada del mento. Chissà cos'altro c'era sotto.

Come era strana la vita! Lui aveva molti nemici che gli volevano male in città, lo sapeva, e giorno e notte doveva girare armato per paura che qualcuno lo aggredisse o gli infilasse un coltello nella pancia, eppure era certo che nessuno dei suoi nemici si sarebbe mai rivolto agli sbirri, perché ognuno di loro aveva a sua volta qualcosa da nascondere. Non erano che ripugnanti topi di fogna, tutti quanti.

Quando la damigella era venuta nella sua bottega e gli aveva mostrato il disegno, lui aveva creduto che fosse arrivato davvero il suo momento di saldare i debiti con la giustizia, e invece aveva finito per ricavarne un bel gruzzolo. Anzi, con un po' di fortuna, quella vicenda avrebbe potuto trasformarsi nell'affare più importante della sua vita.

Ma intanto il tempo passava e la piccola non si vedeva. Mezzogiorno era suonato da un pezzo e l'uomo sentiva un certo appetito, ma non si azzardava ad allontanarsi, perché quella poteva essere l'ora buona, l'ora della fame, e la ragazzina avrebbe potuto aggirarsi nei pressi cercando il coraggio di farsi viva.

Fu proprio quando finalmente aveva deciso di andare a mangiare in qualche bettola vicina che sentì bussare timidamente alla porta. Era la ragazzina, non aveva dubbi e si affrettò ad aprire.

«Entra» le disse tendendo una mano per toccarle amichevolmente la spalla. Lei si tirò istintivamente indietro.

«Non avere paura. Ho venduto il ciondolo, sai? L'ho venduto bene, sono proprio soddisfatto. E siccome sono un uomo d'onore ti darò quanto ti spetta. Quello che è giusto è giusto».

L'uomo la travolse di parole. Fiorina era guardinga. Quel cambiamento improvviso non la convinceva, i conti non le tornavano, dubitava che l'uomo avesse veramente intenzione di dividere con lei i suoi guadagni. Tuttavia lui si era avviato al bancone e aveva aperto la cassetta dei soldi li aveva contati e ora glieli stava offrendo. Fiorina fece qualche timido passo in avanti per prenderli e lui ritrasse lentamente la mano.

«Senti» disse calmo, attento a non impaurirla. «Qualcuno ti sta cercando. Si tratta di una persona molto ma molto importante. Ora tu vieni con me e andiamo insieme da quella persona. Che dici? Non ti succederà nulla di male, te lo assicuro».

Fiorina si sentì in trappola, guardò di sottecchi la porta e vide che era rimasta aperta. Calcolò che con due balzi l'avrebbe potuta raggiungere. Era così allenata a sfuggire ai calci che suo zio le allungava con ogni pretesto quando era ubriaco, che pensò di potercela fare agevolmente. Si girò di scatto pronta a balzare in avanti ma l'uomo, intuite le sue intenzioni, fu più svelto di lei e le afferrò un braccio.

«Che ti prende, stupida? Non ti succederà niente, ti dico!»

«O signore, signore, lasciatemi andare, vi prego. Non vi disturberò mai più ve lo prometto. Signore, abbiate pietà di me» supplicò Fiorina, gli occhi pieni di lacrime.

«Dai, non piangere» le disse lui usando di nuovo un tono rassicurante. Ma la piccola stracciona cominciò a divincolarsi e a gridare:

«Lasciatemi il braccio, così mi fate male! Lasciatemi andare, vi dico!».

Si dimenava come un'anguilla e strillava come una gallina, così che il Pipistrello, innervosito, le diede una spinta che la fece cadere con violenza sul pavimento.

«Va bene, se vuoi così!» sibilò. «Vorrà dire che da quella signora ci andrò da solo!»

E uscì dalla stanza chiudendo a chiave la porta alle sue spalle.

Fiorina rimase sul pavimento, mezza tramortita più per lo sgomento che per il colpo subìto.

L'uomo di sicuro era andato a denunciarla e lei sarebbe finita in prigione, ma lei in prigione non ci voleva andare. Meglio morta, piuttosto. Sapeva che nelle galere si marcisce di stenti e che i topi vengono a mangiarti vivo. Forse l'avrebbero impiccata. Una volta aveva sentito raccontare di un uomo impiccato che era rimasto appeso per tre giorni con la lingua nerastra di fuori e immaginò il suo corpo che penzolava appeso a una corda. Oppure il Pipistrello non sarebbe più tornato e l'avrebbe lasciata là a morire di fame.

Si mise a pregare tremando di paura:

«Dio mio, aiutami» sapeva che quelle erano la giuste punizioni per le sue malefatte. «Dio mio, ti prego, sarò buona...non ruberò più, mai più».

Sentì i passi frettolosi di qualcuno che camminava sulla strada, si alzò e corse alla finestrella, ma la finestra era troppo alta e non riuscì a vedere che un tratto di cielo.

«Aiuto, aiutooo! Qualcuno mi aiuti!»

I passi si fermarono un momento, una voce maschile borbottò qualcosa, poi l'uomo riprese il suo cammino. Fiorina gridò ancora, ripetutamente, ma nessuno venne ad aiutarla. Allora si rannicchiò in un angolo e si mise a singhiozzare sommessamente finché non si addormentò. Fece sogni confusi.

Si trovava nella bottega della signora Margherita e sua zia la chiamava.

«Tieni!» diceva sua zia e le metteva al collo un lungo nastro di seta con un medaglione su cui era ritratta una bella dama. «Tieni e scappa!» le diceva sua zia, e lei cominciava a scappare e correva e correva perché suo zio la stava inseguendo e, se l'avesse presa, l'avrebbe ammazzata di botte. Nel sogno arrivò il Pipistrello e la guardò torvo: «Andrai in prigione finalmente, pidocchiosa di una ladra. Morirai e brucerai nel fuoco dell'Inferno. Dammi quel nastro!». A quel punto il nastro attorno il collo diventò una corda e la strinse, la strinse, mentre la dama del medaglione la guardava sorridendo compassionevole e le diceva «Povera bambina, povera, povera bambina mia».

Aprì adagio gli occhi. Una bellissima dama stava china su di lei e mormorava: «Povera piccola». Per un momento credette di stare ancora sognando, ma la dama le asciugava gli occhi e il naso con un fazzolettino profumato, le scostava i capelli dalla fronte, le accarezzava lievemente la guancia.

«Povera, povera bambina».

Dietro di lei il Pipistrello si giustificava:

«Credetemi, signora, non avevo altro modo di trattenerla, sembrava una furia. Ho cercato di portarvela con le buone, ve lo giuro. Vedete? Sta aprendo gli occhi, alla fine non è successo niente di male».

«Oh, smettetela!» lo zittì la dama. Poi si rivolse a due servitori che stavano attendendo ordini. «Aiutatemi, per favore. Questa povera piccola è stremata, bisognerà portarla in braccio fino alla barca».

Fiorina cercò di alzarsi, ma le forze le mancavano e si accasciò di nuovo. Due braccia forti e muscolose la sollevarono, la portarono fuori dalla stanza, la sorressero fino alla barca, la adagiarono sui cuscini morbidi.

Sentì la voce del Pipistrello chiedere:

«E la mia ricompensa?».

«I conti li faremo dopo!»

Le parole della dama suonarono più come una minaccia che come una promessa.

Il movimento della barca la cullava, il calore del sole la scaldava, la voce della dama la confortava.

Ma cosa stava accadendo? Fiorina non riusciva a capirci nulla.

La barca percorreva il Canal Grande, la larga strada d'acqua brulicante di gondole, peate, velieri, e le facciate dei maestosi palazzi dalle finestre arcuate si riflettevano e si increspavano, tremavano nell'acqua.

Quando giunse alla rimessa di un sontuoso edificio la barca approdò. Il servitore di nuovo prese Fiorina in braccio e salì le scale del palazzo finché non raggiunsero il piano nobile. Entrarono in un ampio salone con i muri e il soffitto affrescati.

«Qui, posatela qui. Piano, fate piano, per favore» disse la dama indicando un divano.

Una cameriera si affacciò alla porta:

«Volete che faccia portare qualcosa di caldo dalla cucina, damigella Delia?» domandò.

«È una buona idea, Marta. Credo che questa poveretta sia mezza morta di fame».

Dopo aver preso una scodella di brodo di pollo e aver mangiato del formaggio, del pane e una mela, Fiorina si sentì rifocillata. Ancora non riusciva a capacitarsi di quanto era accaduto, comprese soltanto che invece che nella prigione ora si trovava in un meraviglioso palazzo, e che nessuno era arrabbiato con lei, anzi sembravano tutti impegnati a fare in modo che stesse bene e che non le mancasse nulla.

«Vero che ora stai un po' meglio, cara?» le chiese la dama che le teneva affettuosamente una mano tra le sue. Aveva un viso simpatico e gentile e Fiorina le fece cenno di sì con la testa. «Mi chiamo Delia» proseguì la dama «e so molte cose di te».

Fiorina ebbe un tuffo al cuore. Che cosa sapeva? Forse che lei aveva rubato il gioiello, o forse che aveva perso il lavoro nella bottega di Margherita, oppure sapeva che suo zio era sempre ubriaco e la picchiava tutte le sere. Delia forse lesse l'interrogativo nei suoi occhi e proseguì:

«So che la dama del ciondolo è tua madre morta quando tu eri piccola, e so anche che tuo padre ti ha tanto cercato. Pensa, lui è vivo. Ora è partito per un viaggio molto lontano e purtroppo non c'è modo di fargli avere la bella notizia, ma non temere, tra qualche mese tornerà e allora potrete riabbracciarvi. Dimmi, cara, te lo ricordi tu, tuo padre?».

Fiorina finalmente cominciava a capire: la stavano scambiando per Bianca. Cercò di valutare se questa circostanza rendesse più facile o piuttosto aggravasse la sua situazione.

«Con chi sei vissuta, finora, povera cara? Sicuramente qualcuno ti è stato vicino in tutti questi anni, qualcuno ti ha cresciuta». Fiorina taceva, non aveva il coraggio di mentire ancora.

«Non importa, se non hai voglia di parlare non importa. Riposati adesso. Io intanto farò preparare una tinozza di acqua tiepida per un bel bagno, farò venire la pettinatrice e farò cercare un vestito che ti vada bene. Voglio che tu sia proprio bella quando più tardi incontrerai Caterina Cornaro».

Un gemito sfuggì dalle labbra di Fiorina.

Caterina Cornaro, la regina! Era certa che avrebbero finito per tagliarle la testa tra le due colonne a piazza San Marco.

A Delia non sfuggì il suo turbamento. «Non temere piccola» disse «la regina è molto buona e si sta interessando perché la tua storia abbia un lieto fine». Poi si alzò e lasciò la stanza; Fiorina le sentì dare ordini precisi con quella voce gentile ma autorevole. Quando tornò era accompagnata da una fantesca grassa e materna e da una ragazza più giovane che teneva in mano una spazzola per capelli e alcuni asciugamani.

«Venite di qua» le disse la fantesca facendole strada. Fiorina la seguì docilmente e si lasciò immergere nell'acqua profumata e strofinare energicamente finché il corpo e i capelli non furono puliti e odorosi. Le fecero indossare un vestito verde e ampio, ornato da una fila di perline rosse e la pettinatrice le spazzolò e le acconciò i capelli.

Delia la guardava da capo a piedi, soddisfatta del risultato.

«Vieni» le disse portandola davanti ad uno specchio. «Che te ne pare?»

Fiorina guardò ammirata la figura che lo specchio le ritornava. Anche se faceva fatica a riconoscersi, sapeva che quella graziosa fanciulla riflessa era proprio lei.

Cap. 12

VISITA A PALAZZO

Bianca guardò fuori dai vetri.

La nebbiolina sottile che durante la notte si era alzata dai rii e dai canali rendeva evanescenti le facciate dei palazzi e cancellava i visi della gente che passava frettolosa nella calle in quella grigia mattina di fine settembre.

Eppure Venezia era bella anche così, malinconica e popolata di ombre e fantasmi.

La nebbia le fece venire in mente la sua casa col tetto di paglia ai margini della laguna, tranquilla e silenziosa, sempre immersa com'era nella bruma del mattino anche nelle albe d'estate, e il rumore lieve di sua nonna che versava l'acqua in un catino o che soffiava sulle frasche per accendere il focolare, e il canto lontano di un gallo. Le sembrava ancora di sentirli, quei suoni, vivi e palpitanti.

Margherita la vide assorta e intuì i suoi pensieri. Le andò vicino e guardò anche lei dalla finestra.

«Che c'è?» le chiese con dolcezza. «Ti dispiace che l'estate sia già finita?»

Bianca le sorrise per farle capire che andava tutto bene, che non si trattava che di una piccola tristezza di passaggio.

Tra poco sarebbe iniziato un nuovo giorno di lavoro, nella bottega, e il chiacchiericcio delle apprendiste intente ai lavori di cucito si sarebbe mescolato a quello delle ricche clienti che venivano a scegliere stoffe pesanti e a provare le vesti e i mantelli che avevano ordinato per il prossimo inverno. Le piaceva quella nuova vita. Ringraziò silenziosamente Dio per l'esistenza che le aveva dato; purtroppo aveva perso tante persone care, alcune di loro ancora prima di conoscerle, ma tante altre ne aveva incontrate.

Pensò che in quei pochi mesi in città aveva imparato più cose di quante non ne avrebbe mai immaginate: era diventata abile nel ricamo e nel cucito e aveva imparato a riconoscere i tessuti più belli e pregiati. Il contatto con tante persone le aveva fatto perdere un po' della sua timidezza e l'aveva fatta diventare più disinvolta nella conversazione. In più, Margherita da qualche sera le stava insegnando a scrivere.

Era migliorata anche nell'aspetto, almeno così

le pareva: il cibo abbondante e vario aveva giovato al suo colorito che ora era più luminoso e rosato, le piaceva tenere i capelli sempre spazzolati e curati, e vestire con abiti puliti e graziosi.

Come si sentiva diversa dalla goffa campagnola piena di paure e angosce che era partita a marzo di quello stesso anno dal piccolo villaggio sulla terraferma.

La mano di Margherita che le si posava sui capelli per una affettuosa carezza la fece riemergere dai suoi pensieri.

«Su, mangiamo ora» disse la donna.

Fecero colazione in fretta con pane, miele e latte, poi scesero da basso.

Le ragazze di bottega sarebbero arrivate poco dopo, due erano nuove, in sostituzione di Fiorina e di Lucia, che si era sposata a luglio.

Bianca aprì gli scuri sui balconi e accese i lumi della bottega perché faceva ancora buio, poi prese dalle scansie le scatole con i fili e i bottoni, perché fossero pronte all'arrivo delle apprendiste. Qualcuno bussò alla porta del negozio, di là. Sentì Margherita che invitava il visitatore ad entrare e la porta che si apriva cigolando appena sui cardini.

«Siete voi! Che piacere, come state?» la voce di Margherita era cordiale e festosa e Bianca, incuriosita, andò a vedere restando sulla soglia. Nella stanza era entrata una vecchia, che guardava affettuosamente Margherita tenendole una mano tra le sue.

«Margherita cara, quanto tempo è passato!»

«È passato tanto tempo, è vero, anche se sembra solo ieri, ma voi non siete affatto cambiata, Marta. Ditemi, come sta Caterina?» scosse la testa incredula. «Chi l'avrebbe mai detto che quella piccola birbante sarebbe diventata addirittura una regina?»

«Eh sì, era davvero una piccola birbante» rise la vecchia.

«Vi ricordate di quando ha nascosto il vaso con lo zucchero di Caffa sotto il suo letto e voi avete incolpato la povera sguattera?»

La vecchia rise con la bocca rugosa:

«E come potrei dimenticare? Erano davvero bei tempi, quelli». Sospirò, poi riprese: «È proprio Caterina che mi manda, vuole sapere se potreste fare per lei dei merletti a punto Venezia. Sapete, tra qualche settimana prenderà possesso della sua nuova casa ad Asolo e sta rinnovando tutto il corredo».

«Ah, i miei merletti!» disse Margherita lusingata. «Non se ne è dimenticata, dunque!»

«Non se ne è dimenticata affatto, e vi prega di venire a palazzo nella tarda mattinata, così potrete parlare con tutto comodo direttamente con lei».

«Ma è un onore! Ci verrò, eccome, non dubitate».

Poi la vecchia si accomiatò. Margherita la accompagnò alla porta e la guardò allontanarsi con il passo strascicato nella calle nebbiosa. Quando si girò verso di lei, Bianca vide che aveva le guance arrossate e gli occhi che brillavano per l'emozione.

«Hai sentito, Bianca? La regina si ricorda ancora di me!»

Si mise a riordinare meccanicamente alcune stoffe rimaste aperte sul bancone la sera prima, e intanto le raccontò piena di orgoglio di quando Caterina era ancora una bimbetta e lei andava due volte alla settimana, il martedì e il giovedì le pareva, nella casa dei Cornaro a San Cassiano a insegnare a monna Fiorenza, la mamma di Caterina, a fare le roselline di filo come le sanno fare solo le ricamatrici nell'isola di Burano. Anche la piccola Caterina si sedeva vicino a lei a intrecciare i fuselli con le sue manine paffute e Margherita rideva per la tenerezza che quelle manine buffe e impacciate le facevano.

Si ricordò di una volta che Caterina era ammalata ma non voleva restarsene a letto. La ricamatrice era andata nella sua camera e insieme avevano cucito per la bambola un vestitino così bello, che monna Fiorenza poi ne aveva voluto uno di uguale da far indossare a ciascuna delle bambine.

Bianca ascoltava a bocca aperta. Le era difficile immaginare una piccola regina che fa i lavori di ricamo o che combina i guai o che si ammala come i comuni figli dei popolani.

«Vedessi come erano graziose quelle piccine con quei bei vestititi, alla domenica quando andavano alla scuola di catechismo. Sembravano proprio tre bambole» sospirò Margherita congiungendo le mani come davanti a una visione che la estasiava.

Poi improvvisamente si girò a guardare Bianca con gli occhi accesi da un'idea:

«Più tardi, quando andrò al palazzo, ti porterò con me».

Il palazzo Cornaro era uno tra i più belli di quanti si affacciavano sul Canal Grande, pensò Bianca.

Margherita le fece vedere dove si trovavano gli uffici e i magazzini pieni delle merci che arrivavano da tutto l'oriente e le rimesse, da cui le barche andavano e venivano, cariche di ogni ben di Dio. C'era un gran via vai di persone, laggiù. Alcuni sembravano importanti compratori perché erano ben vestiti e avevano l'aria esperta e sicura, altri erano senza dubbio servitori e operai. Margherita si muoveva negli spazi ampi del pianterreno con il passo disinvolto di chi conosce bene la casa, e nessuno chiese loro che cosa volessero.

Al piano nobile alcune serve erano intente nei lavori di pulizia, si muovevano rapide e silenziose spolverando chi un mobile massiccio, chi un vaso di vetro prezioso, chi un pomello di metallo lucente. La porta d'ingresso era aperta. Quando le due visitatrici entrarono, qualcuna si girò a guardare, ma solo una interruppe il suo lavoro e andò loro incontro. Quando seppe che erano attese dalla regina, si incamminò con passo svelto verso il fondo del salone e sparì dietro la porta.

Ritornò accompagnata da un'altra donna, la vecchia venuta in bottega quella mattina, che le invitò con un cenno della mano.

«Venite, venite avanti» disse. «La regina vi aspetta nello studio».

La vecchia le condusse lungo stanze dai muri affrescati e dai pavimenti lucidi e preziosi dove altre serve pulivano e lucidavano con cura. Si fermò davanti a una porta chiusa, bussò e attese.

Una voce di donna ordinò:

«Entrate pure».

La regina, seduta dietro uno scrittoio, alzò gli

occhi dalla lettera che stava scrivendo e quando riconobbe Margherita il viso le si distese in un sorriso ampio. Si alzò in piedi e le andò incontro con le braccia allargate.

«Margherita cara, quanto tempo! Venite, venite qui che vi abbraccio».

Margherita le si accostò titubante.

«Ora voi siete una regina».

Caterina scosse il capo e rise un po' amara:

«Una regina non è che una povera donna con la corona in testa. Ma ditemi, ditemi di voi, ho saputo che avete una nuova bottega al Ponte dei Pignoli, e che siete sempre la più brava di tutte».

Margherita si schermì con la mano.

«Su, Margherita, non fate la modesta. Marta vi avrà detto che mi serve il vostro aiuto. Tra poco andrò ad abitare ad Asolo, e avrò bisogno di tendaggi merletti e tovaglie per la nuova casa. Ho già qui a palazzo un paio di merlettaie di Burano che lavorano per me, ma avrei piacere che foste voi a organizzare i lavori. Naturalmente dovreste essere disposta a venire ad Asolo per prendere le misure e vedere le stanze. Non ditemi di no, Asolo non è poi così lontano di qui, e poi vi metterò a disposizione una carrozza».

Da quando erano entrate, Bianca non fece che

guardare la regina con lo gli occhi ammirati e la bocca aperta, così si imbarazzò quando Caterina posò lo sguardo su di lei. Le sembrò di essere stata sfacciata e si sentì arrossire di vergogna. Ma gli occhi della regina erano benevoli.

«Ti conosco, ragazzina?»

Margherita guardò a sua volta Bianca. Aveva un sorriso compiaciuto.

«No maestà, è una mia nuova lavorante. Anzi anche un po' di più» precisò passandole maternamente una mano sulle spalle.

Caterina sembrò pensierosa, come intenta ad inseguire un ricordo vago. Mormorò:

«Eppure mi sembra un volto che ho già visto da qualche parte. Ma sicuramente mi sto sbagliando.» Di nuovo si rivolse a Margherita. «Se avete già qualche lavoro pronto da farmi vedere...»

«Sì, qualcosa di bello ce l'ho».

«Fatemelo avere, appena potete, allora. Se non trovate me, chiedete pure di Delia».

Delia, si ricordò Bianca, era la bellissima dama che aveva visto ballare vicino al pozzo il giorno della festa in onore della regina. Ci aveva pensato tante volte dopo quel giorno. A lei e al cavaliere. Sperò che la regina la chiamasse, invece Caterina le stava accompagnando alla porta.

«Scusatemi, ho una lettera da finire di scrivere, ora, ma avremo tante altre occasioni di vederci. Vi aspetto presto. Torna anche tu, bambina mia».

Quando furono sulla strada Bianca gettò un'ultima occhiata all'imponente facciata del palazzo e le parve di vedere una figura di ragazzina, lassù, che spiava da dietro una tenda e repentinamente spariva.

Cap. 13

CONOSCETE QUESTA RAGAZZINA?

Fiorina, seminascosta dalla tenda, restò a guardare dalla finestra della sua camera fino a quando non vide ridiscendere in strada Bianca e Margherita. Erano proprio loro, dunque. Ne era stata quasi certa un'ora prima, quando aveva visto quelle due figure femminili attraversare la calle per sparire subito all'interno del portone del palazzo.

Alla fine erano riuscite a mettere insieme tutti i pezzi della storia, ed erano venute a raccontare alla regina che il ciondolo apparteneva a Bianca. E tutti avrebbero visto la somiglianza di Bianca con la dama del ritratto e allora sarebbe apparso chiaro che lei, Forina, non era che una mistificatrice, una miserabile imbrogliona.

Pensò velocemente a cosa le convenisse fare e si convinse che la cosa migliore era fuggire lontano prima che venissero a prenderla per portarla in prigione.

Maledisse il suo destino.

Era stata scoperta proprio ora che credeva di essere quasi al sicuro. Tra qualche settimana sarebbe andata via di là, ad Asolo, al seguito della regina, finalmente lontana per sempre da Venezia.

Non era giusto! Aveva passato tutta l'estate quasi sempre al chiuso della sua stanza per non correre il rischio che qualcuno la riconoscesse, e aveva imparato a pesare ogni singola parola da pronunciare per timore di dire qualcosa di sbagliato, qualcosa che potesse tradire il suo segreto.

Sentì dei passi avvicinarsi alla sua camera. Aveva aspettato troppo e ora la venivano a prendere.

Guardò con rassegnazione la porta che si socchiudeva lentamente.

Delia le apparve con il sorriso gentile di sempre. Disse:

«Ho una bellissima novità per te».

Fiorina rimase allerta mentre la damigella proseguiva:

«La nave su cui è imbarcato tuo padre è a tre soli giorni dal porto. Caterina questa mattina ha scritto una lettera che gli sarà recapitata appena lui sbarcherà. Ma la regina non gli ha svelato la splendida notizia, vuole che sia una sorpresa. Lo prega solo di venire a palazzo con urgenza». La scrutò con i limpidi occhi chiari e fu stupita nel vedere che Fiorina sembrava quasi contrariata. Corrugò la fronte: «Ma come? Non sei contenta?».

Fiorina non riuscì a trattenere un singhiozzo. Quanti spaventi le costava quella sua finzione, e quante bugie alle persone che erano state così buone con lei: Margherita, Delia, la regina stessa, e chissà quanti altri ne avrebbe ancora tradito, a cominciare dall'uomo che tra un po' avrebbe chiamato padre.

Tutto a un tratto comprese che il furto del ciondolo era ben poca cosa al confronto dell'inganno che si stava portando dietro, più grande giorno dopo giorno. Si sentì prigioniera della rete delle sue stesse menzogne e pensò che forse sarebbe stato meglio essere scoperta. Per un momento fu tentata di confessare.

Una lacrima si fece largo tra le ciglia e le rigò la guancia, ma Delia interpretò male il suo pianto:

«Povera piccola» le disse «immagino come ti senti, impaurita ed emozionata. Vuoi che rimanga a farti compagnia?»

Lei fece cenno di no.

«Va bene» disse la damigella comprensiva. «Ti lascio sola, allora, ma prima promettimi che non piangerai più».

Fiorina, per fuggire, attese che arrivasse l'ora del pranzo, quando tutti, servitori e padroni, stavano indaffarati nelle cucine o seduti attorno alle tavole imbandite. Allora cautamente discese le scale deserte e si allontanò a passo svelto verso la zona della città che meglio conosceva: il vecchio molo.

Delia non sapeva più dove cercare.

Quando il giorno prima Fiorina non si era presentata a tavola per il pranzo, lei aveva atteso un po' poi era salita a chiamarla, ma la stanza della ragazzina era vuota. Allora l'aveva cercata nelle altre stanze del piano nobile e giù da basso, nei magazzini e negli uffici dell'ammezzato, e poi nelle camere dei servitori, su in soffitta. Quando aveva scoperto che la ragazzina non era da nessuna parte, aveva chiamato altre persone perché l'aiutassero nella ricerca. Avevano avuto perfino paura che fosse caduta nell'acqua delle rimesse e un uomo si era tuffato più volte a vedere, per fortuna inutilmente.

Intanto Caterina aveva mandato alcuni servitori a cercare la ragazza in tutta la città. Anche Delia aveva partecipato alle ricerche, che erano durate fino a quando la luce del giorno lo aveva acconsentito. E ora di nuovo dalle prime ore dell'alba si stava setacciando tutta la zona del porto.

"Dovevo capire che era molto spaventata, povera bambina, non dovevo lasciarla sola" si rammaricò Delia. L'indomani sarebbe finalmente tornato Ludovico della Vigna, e quella che avrebbe dovuto essere per lui una notizia meravigliosa, si stava tramutando nella più crudele delle beffe.

"Dio mio, fa che non sia successa una disgrazia" pregò mentre passava davanti al crocefisso incastonato nel muro di una casa, si fece frettolosamente un segno di croce. Forse Dio ascoltò davvero la sua preghiera perché appena ebbe girato l'angolo riconobbe l'esile figurina che stava accovacciata sulle assi marcite e diroccate del molo. Sembrava persa a guardare un veliero lontano.

«Fiorina!» gridò con la voce soffocata dal sollievo e dall'emozione. Ma la ragazzina non la sentì, e lei in un attimo le fu vicina.

«Fiorina, bambina mia» l'abbracciò scoppiando in un pianto liberatorio.

La vide pallida e triste:

«Perdonatemi» disse.

«E di che dovrei perdonarti?! È tutto passato, ormai. Vieni, vieni cara, sapessi quanto siamo stati in pena per te».

Ma la ragazzina opponeva resistenza, restava seduta. Sconsolata scuoteva il capo.

«Perdonatemi, perdonatemi».

«Su, non fare così, domani ritorna tuo padre».

«Non è mio padre, quello». Finalmente era riuscita a dirlo, ora era pronta a confessare. Si asciugò il naso con il dorso della mano e guardò Delia dritta negli occhi.

«Non è mio padre, quello» ripeté. «Vi ho mentito».

Delia sentì una specie di vertigine e barcollò. Protestò debolmente: «Tu non sai neppure quello che dici, bambina mia».

«No! Vi ho mentito davvero, signora. Non sono che una ladra e una imbrogliona e merito solo di andare in prigione».

«Ma il ciondolo è la prova».

«Quel ciondolo l'ho rubato a una ragazzina della mia stessa età».

Delia si stava lentamente riprendendo dallo stupore, scrutò Fiorina in viso e si convinse che le stava raccontando la verità.

«Una ragazzina, dici? Quale ragazzina? Lo sai come si chiama?»

«Sì signora» ora Fiorina teneva gli occhi bassi per la vergogna «e so anche dove trovarla. Se volete vi ci accompagno».

Mentre parlavano, li aveva raggiunti un servitore che stava cercando con Delia in quei luoghi, e la damigella gli ordinò di andare ad avvertire la regina che Fiorina era sana e salva e che tra un po' lei sarebbe tornata al palazzo per metterla al corrente di importanti novità. Poi si incamminò con la ragazzina al suo fianco.

Camminarono a lungo tra marinai, barcaioli e uomini di fatica che al loro passaggio si fermavano a guardare ammirati la bellezza e l'eleganza delle due giovani, qualcuno lanciò un fischio, qualcun altro borbottò parole di apprezzamento.

Affrettarono il passo, finché non giunsero in una zona della città dove cominciavano ad affacciarsi numerose sulle calli le botteghe degli artigiani e i negozietti frequentati dalle donne di sestiere; passarono ancora qualche ponte e arrivarono in una zona più elegante.

«Ecco, è qui» disse Fiorina indicando una bella bottega proprio ai piedi del Ponte dei Pignoli.

Delia bussò alla lucida porta di legno scuro e quando una donna le venne ad aprire, le chiese:

«Conoscete questa ragazzina?».

Margherita spostò lo sguardo dalla dama alla ragazza e sussultò.

«Fiorina!» disse, e nella sua voce c'era un grande stupore.

Cap. 14

POI VENNE LA GIOIA

«Fiorina!» ripeté Margherita con la voce severa, e la ragazzina scoppiò in un pianto dirotto.

«Perdonatemi, padrona!» fece per aggiungere altro, ma i singhiozzi le rompevano le parole.

Margherita allora rivolse a Delia uno sguardo interrogativo e la damigella rispose, con un sospiro:

«Si tratta di una storia lunga e ingarbugliata, credo».

Margherita si spostò di lato per lasciare libera l'entrata:

«Venite, venite avanti, non restate qui sulla porta, vi prego!».

Delia spinse leggermente Fiorina perché entrasse, entrò a sua volta e si trovò davanti Bianca e la serva che, richiamate dalle esclamazioni, erano corse a vedere cosa stesse succedendo.

Quando i suoi occhi si posarono sul viso di Bianca, la damigella trasalì:

«Sei tu, dunque! Sei proprio tu la bambina perduta, non c'è ombra di dubbio. La tua somiglianza con la dama del ritratto è davvero sorprendente!».

«Di quale bambina perduta state parlando?» chiese Margherita incuriosita e preoccupata allo stesso tempo che quella bella dama fosse al corrente di fatti così segreti.

«Ve l'ho detto, signora, è una storia lunga e complicata».

«Venite! Andiamo a sederci di là allora e cerchiamo di chiarire tutto con calma».

La storia fu presto raccontata:

«È incominciato tutto alcuni mesi fa» disse Delia. «Mentre eravamo in navigazione da Cipro, io e Caterina Cornaro abbiamo conosciuto un cavaliere, certo Ludovico Della Vigna».

«Io lo so chi è!» si lasciò sfuggire Bianca d'impeto.

Delia si interruppe e la guardò a bocca aperta.

«Lo sai? Davvero?»

«Sì signora, era il cavaliere che stava con voi nel campiello durante i festeggiamenti per il ritorno della regina».

«Ah!». La damigella apparve indugiare in un pensiero, ma Margherita la incalzò:

«Raccontate, dunque!».

«Ludovico della Vigna è un valente pittore e un ottimo gioielliere. È lui l'artefice del ciondolo che vi è stato rubato mesi fa».

«È lei che l'ha rubato!» disse la serva puntando l'indice verso Fiorina che se ne stava con gli occhi abbassati, cercando inutilmente di trattenere i singhiozzi .

«E dunque?» fece Margherita disturbata dall'interruzione. Delia riprese:

«Ludovico in quel ciondolo aveva ritratto la sua amata moglie. Allora abitavano a Venezia, i due sposi con la loro piccola bimba. Alloggiavano in una locanda nei pressi del porto ed erano qui in incognito, fuggiti dalla loro città, lontano da qualcuno che voleva far loro del male. Ludovico dovette continuare da solo la fuga per non mettere in pericolo la moglie e la piccina ma, quando infine il pericolo fu passato e poté finalmente ritornare a Venezia, scoprì che la locanda era cadente e abbandonata. La peste, nel frattempo, gli aveva portato via sua moglie. In quanto alla bambina, be', nessuno da allora ha saputo dirgli più niente di lei. Ma per fortuna ora è saltato fuori questo ciondolo».

Nella stanza si sentì forte un singhiozzo, ma non si trattava di uno dei singhiozzi soffocati che uscivano a intervalli regolari dalle labbra di Fiorina. Le tre donne rivolsero lo sguardo verso Bianca che aveva gli occhi spalancati per lo stupore.

«Mio padre!» disse. «Allora quel cavaliere è mio padre!».

«Ebbene sì!» ammise Delia allungando una mano per accarezzarle i capelli.

«Su non piangere, cara» Margherita le circondò le spalle con il braccio. «Se Dio vorrà, adesso potrai finalmente riunirti a lui!» poi si rivolse a Delia con gratitudine: «E, ora se permettete vi racconterò l'altra parte della storia, damigella cara. Io l'ho saputa da Cate, la signora che si è presa cura di Bianca quando la nonna di questa ragazzina è morta».

«La nonna? Non mi risulta che ci fosse una nonna».

«In realtà non era veramente la nonna, ma la padrona della locanda presso cui la famiglia di Ludovico alloggiava. Quando il pittore fuggì da Venezia, la buona donna si prese cura della mamma e della piccina meglio che se fosse stata una nonna vera, e quando la madre di Bianca stava per morire di peste lei le promise che avrebbe avuto cura della bambina per sempre, e le giurò di mantenere segreta la sua vera identità affinché nessuno le facesse del male. La locandiera rispettò il suo giuramento: andò ad abitare in una casupola solitaria ai margini della laguna e non si confidò mai con nessuno, se non con Cate, la sua fedele amica, che alla fine ha raccontato a me tutta la vicenda».

Ora che la storia era stata rivelata per intero tutti gli sguardi furono per Bianca, ma la ragazzina non sapeva fare altro che piangere a dirotto e nessuno avrebbero saputo dire se le sue fossero lacrime di pena per le cose che aveva perdute, o di gioia per quelle ritrovate.

Ludovico Della Vigna si preparò a sbarcare. Questo sarebbe stato il suo ultimo viaggio di affari, pensò mentre guardava i marinai impegnati nelle manovre di attracco.

Aveva preso la sua decisione durante una di quelle notti insonni passate a riflettere sulle sue vicissitudini. Ne aveva abbastanza della vita randagia che stava conducendo da troppi anni ormai, adesso era venuto finalmente il tempo di fermarsi e di rimettere quelle radici che gli erano state strappate via così crudelmente tanto tempo fa, quando aveva perduto per sempre la sua famiglia.

Prima di tutto avrebbe chiesto a Delia di sposarlo. Quella damigella, così bella e gioiosa, era diventata troppo importante per lui. Ringraziò il cielo di averla messa sulla sua strada e di avergli dunque dato un buon motivo per tornare a essere felice, anche se sapeva bene che nulla avrebbe mai potuto guarire del tutto la ferita che aveva dentro.

Non era più tempo di piangere, adesso; quella stessa settimana sarebbe andato nella Scuola dei pittori di Venezia sulla Strada Nova, a vedere se lo volevano come insegnante. O forse avrebbe aperto là, in quella stessa città, una sua bottega con un discreto numero di garzoni e si sarebbe comprato una casa, né troppo piccola, né troppo grande, né troppo povera, né troppo sfarzosa, dove vivere e ricevere i suoi amici. Con queste buone prospettive si apprestò a lasciare la nave, e intanto passava in rassegna uno a uno i volti di coloro che stavano aspettando a terra, nella speranza di riconoscere tra tanti visi quello della damigella che amava.

Lei non c'era.

Stava già per avviarsi deluso sulla calle che portava al centro della città, quando un servitore in livrea si fece avanti:

«Siete voi Ludovico della Vigna, non è vero?».

«Sì! Sono io».

«Caterina Cornaro, la regina, vi manda questa lettera».

«La regina?» si stupì Ludovico mentre apriva la busta e spiegava il foglio che vi era contenuto. «Che potrà mai volere da me?».

Scorse velocemente le righe di quello che si mostrò un invito, scritto con una grafia minuta e ordinata:

"Gentile cavaliere, appena leggerete questa lettera vi prego di venire subito da me. Ho bisogno di parlarvi con urgenza di certe cose che vi riguardano. Vi aspetto con impazienza, Caterina".

Ludovico guardò con aria interrogativa il messaggero della regina, che però rimase in silenzio. Allora gli disse: «Andiamo».

Camminarono veloci fino a quando non giunsero al palazzo della regina, il servitore gli fece strada lungo la scalinata e poi tra le sale fastose, infine bussò ad una porta . Una vecchia si affacciò:

«Venite, cavaliere, la regina vi sta attendendo».

Caterina, seduta su una poltrona dall'alto schienale lo guardava sorridendogli benevolmente. Accanto a lei c'era Delia, un po' pallida e tesa, gli pareva, ma ancora più bella di come la ricordasse. Fece per andare verso di loro con un rispettoso inchino, quando lo sguardo gli cadde su una terza figura, e il cuore di colpo parve fermarsi.

Era il viso della sua amata moglie quello che

aveva davanti a sé, giovane e bello come l'aveva visto per la prima volta tanti anni prima, quando lei era entrata nella sua bottega e lui se ne era innamorato all'istante.

Dovette sedere sulla sedia vicina perché le gambe improvvisamente non lo reggevano più.

«Non è possibile» sussurrò.

Era come se il passato fosse ritornato di colpo. No, quella che aveva davanti non poteva essere che una visione, uno scherzo crudele della mente.

Ma la ragazzina si mosse e gli venne incontro un po' titubante, mentre la voce della regina risuonava solenne:

«Cavalier Ludovico della Vigna, vi presento Bianca, vostra figlia».

L'uomo non seppe far altro che aprire le braccia per accogliere quella tenera ragazzina che piangendo per l'emozione gli si rifugiava contro il petto. La cullò a lungo, come aveva fatto tante volte quando era piccina, per consolare lei, per consolare se stesso di tutto quel tempo perduto.

Poi venne solo la gioia.

Cap. 15

UN'AVVENTURA MERAVIGLIOSA

Alcuni uccelli si alzarono dai canneti con acuti stridi e si persero tra le nebbie del cielo autunnale.

Era una fresca domenica di ottobre quando l'allegro corteo di barche partite da Venezia ancora prima del sorgere del sole approdò in quella località incolta e selvatica della laguna.

In attesa che i servitori finissero di scaricare i bagagli dal burchiello per metterli sui carretti fermi in fila sulla strada, Bianca, confusa in mezzo a un gruppo di paggi e cortigiani, osservava divertita le smorfie di Zavir, il nano giullare che stava accovacciato ai piedi di Caterina ad abbaiare come se fosse davvero un cagnolino. Un paggio fece finta di allungargli un calcio e Zavir pronto balzò in avanti e gli addentò una caviglia. Il paggio si mise a urlare per il dolore e tutti scoppiarono a ridere. Nel coro di risate riconobbe quella argentina di Elisabetta, che stava poco lontano da lei.

Delia era già scesa dalla barca. Poteva vederla seduta sull'argine che ascoltava con un gruppetto di dame e cavalieri un poeta che recitava un madrigale. Guardò con affetto il giovane uomo che stava accanto alla damigella; aveva l'aspetto bello e nobile e lei si ricordò che la prima volta che l'aveva visto aveva immaginato che fosse un principe d'oriente.

"Quello è mio padre" pensò, e di nuovo ebbe timore che il suo fosse solo un sogno da cui presto si sarebbe svegliata.

Erano successe così tante cose in così poco tempo, che lei faceva fatica perfino a metterle tutte in fila. Avrebbe voluto fermarsi a ripassarle con la mente una ad una, ma in quel momento una voce gridò: «In carrozza, signori. Si parte per Asolo!». L'imbarcazione dondolò per l'improvvisa concitazione degli occupanti che si preparavano a sbarcare.

Mentre il barcaiolo teneva fermo il burchiello puntando un remo sull'argine, un nobiluomo già sceso a riva tese il braccio per sorreggere la regina che scendeva seguita da tutti gli altri passeggeri.

Caterina salì su una carretta d'oro trainata da quattro cavalli bianchi con i finimenti impreziositi da borchie dorate; Bianca e Elisabetta si accomodarono in una carrozza di mezzo, assieme a Delia e alla signora Cate.

La carovana si avviò tra gli incitamenti dei nocchieri e lo scampanellio dei sonagli legati al collo dei cavalli. Fuori la terra era brulla e le erbe disseccate, un pallido sole nascente striava il cielo di un rosa tenue. Nella carrozza le quattro passeggere parevano intente nei loro pensieri. Bianca chiuse gli occhi e si lasciò prendere dal torpore che precede il sonno.

La signora Cate ruppe il silenzio:

«Bianca sta dormendo» disse sottovoce.

La ragazzina aprì gli occhi:

«Non dormo. Mi sento solo un po' stanca».

«Stanca, ma felice» ridacchiò Elisabetta.

Bianca si limitò a rivolgerle un sorriso. Stava andando ad Asolo, al seguito della regina più buona del mondo, al suo fianco c'era Delia, la damigella più carina di tutta Venezia e di fronte Elisabetta la più cara delle amiche; nella carrozza che seguiva c'era il suo amatissimo padre. Che cosa avrebbe potuto desiderare ancora? L'unico rimpianto che le rimaneva infine era che non ci fosse anche la nonna con lei. E di non avere conosciuto sua madre. Con un gesto istintivo toccò il medaglione nell'incavo del collo.

La signora Cate seguì il movimento della mano e disse: «Fammi vedere, per favore».

Bianca si sfilò il nastro e glielo porse. Cate guardò attentamente il volto della dama rinchiuso nel ciondolo e osservò lei.

«Come le assomigli!» disse.

«Già, sono proprio due gocce d'acqua» convenne Delia e rise. «Avreste dovuto vedere la faccia di Ludovico quando si è trovato davanti questa ragazzina! Si è dovuto sedere perché per l'emozione gli si sono piegate le ginocchia. Ed è passato forse un quarto d'ora prima che riuscisse a spiccicare una parola!»

«Ci credo!» osservò Cate. «Scoprire che è viva, così, all'improvviso, dopo tanti anni che l'aveva cercata inutilmente in tutta Venezia».

Di nuovo nella carrozza calò un silenzio assorto. Stavano viaggiando sull'argine di un fiume e le ruote sobbalzavano sui solchi tracciati dai carri dei contadini. La vegetazione era rigogliosa e le foglie sugli alberi avevano i variopinti colori dell'autunno. Era tutto un tripudio di gialli e di rossi che mettevano allegria.

«E così alla fine anche voi venite ad Asolo, signora Cate» nella voce di Delia c'era compiacimento.

«È anche grazie a voi, mia cara. A voi e a Margherita. Quando ha deciso di restare a Venezia per occuparsi di Fiorina, Margherita mi ha domandato di sostituirla per quei lavori di ricamo che la regina le aveva richiesto. E del resto voi avevate tanto insistito perché mia figlia venisse a studiare ad Asolo con Bianca. E così eccoci qua, madre e figlia. Due piccioni con una fava, come si dice».

Delia atteggiò le labbra a un sorriso, ma in realtà si vide che era assorta a inseguire un suo pensiero. Tacque un poco, infine sospirò e pronunciò un nome:

«Fiorina» disse. «Alla fine le cose sono andate bene anche per lei. Margherita ha insistito tanto perché quella ragazzina fosse perdonata e affidata alle sue cure, ma davvero non so se la regina abbia fatto bene a concederglielo».

«Devo confessarvi che quella povera bambina a me fa più pena che rabbia» intervenne Cate.

Delia non si lasciò convincere:

«Ma ci pensate, signora mia? Se le cose non fossero andate come sono andate, adesso potrebbe essere lei a trovarsi qui, al posto di Bianca, e noi non avremmo mai scoperto il suo imbroglio».

«Avete ragione, non c'è dubbio. Però è pur vero che quella poveretta non ha mai avuto nessuno che si preoccupasse della sua educazione, e così è cresciuta come un gatto selvatico».

«Be', anche questo è vero» ammise Delia.

Avevano percorso un lungo tratto di strada tra i campi disseminati di casolari sparsi e lontani, ma ora stavano entrando in un villaggio. Dalle piccole casette di legno e di pietra strette l'una all'altra, si affacciavano visi curiosi di donne e di vecchi, i bambini e gli uomini erano al lato della strada.

Fuori l'aria risuonava di voci che diventavano sempre più concitate via via che la fila di vetture si avvicinava al centro del paese. Bianca sporse la testa dalla carrozza e guardò avanti; vide una piccola folla che aspettava la regina per applaudirla. Un suono allegro di campane si liberò nell'aria.

«Viva Caterina! Viva Caterina!» gridava la gente che attendeva nella piazza.

Le carrozze si erano fermate per permettere alla regina di salutare un gruppo di maggiorenti venuti dalla vicina città che la stavano aspettando davanti alla chiesa.

Bianca sentì una voce maschile chiedere:

«Mie bellissime dame, vogliate scendere anche voi a sgranchirvi un po' le gambe».

Era suo padre.

«Sì certo» disse Delia e smontò dalla carrozza e

si avviò con lui verso la piazza dove si svolgeva la cerimonia, la signora Cate invece preferì restarsene dov'era perché fuori c'era troppa confusione.

Anche Elisabetta e Bianca si incamminarono sulla strada. Una donna magra, che teneva in braccio un bimbetto di pochi mesi avvolto in un ruvido scialle, si avvicinò tendendo una mano:

«Carità, belle damigelle» disse, tenendo gli occhi bassi, quasi vergognosa.

Un altro bambino fece capolino da dietro la gonna della mendicante. Aveva i capelli arruffati e il moccolo al naso. Mentre Elisabetta frugava nella piccola borsa di stoffa per prendere una moneta, Bianca si rivolse al bambino più grandicello:

«Aspetta» gli disse, e lui tornò velocemente a nascondersi dietro la gonna di sua madre. Bianca andò in fretta alla carrozza e quando fece ritorno portava con sé un cestino da viaggio pieno di frutti e dolcetti.

«Guarda» disse rivolta al bambino che ancora si nascondeva.

La curiosità fu più grande della timidezza e il piccolo fece un passo avanti e si appoggiò al fianco della madre. Bianca prese dal cestino una mela e gliela porse, ma lui ancora esitava. Allora lei frugò in cerca finché non trovò un biscotto:

«Tieni, non avere paura».

Alla vista del biscotto il bambino allungò il braccio, afferrò il dolcetto e scappò via. Bianca rise, rimise la mela nel cestino e lo consegnò alla donna.

«Prendete, signora».

La mendicante guardò il cestino e guardò lei.

«Prendo davvero tutto?»

«Certamente!»

«Che Dio vi benedica damigella, siete buona quanto bella».

Mentre la donna si allontanava felice di quella insperata fortuna, Elisabetta rimproverò Bianca:

«Ma come? Le hai dato tutte quelle cose buone. E noi cosa mangeremo durante il viaggio?».

«Smettila!» le intimò Bianca. «Ho imparato che cos'è la fame, ho imparato che cosa è il freddo, ho imparato che cosa si prova a essere umiliati. So come ci si sente».

Elisabetta sollevò le spalle, sbuffò e infine disse laconica:

«Ah ah! Siete davvero buona quanto bella, damigella cara».

Risero abbracciandosi, contente di essere insieme in quel luogo, in quella mattina, giocando a fingersi importanti, e prendersi in giro.

«Ma guardali i due piccioncini!» esclamò a un

tratto Elisabetta indicando con il dito Delia e Ludovico, che certamente si stavano scambiando tenerezze, gli occhi negli occhi. «Matrimonio in vista, mi pare!»

«Spero di sì!»

Erano arrivate all'ingresso della piazza, nel punto in cui il gruppo di persone formava una siepe intorno alla regina; più avanti non si poteva andare. Si sollevò sulle punte e cercò con gli occhi un varco tra le teste di dame e contadini, di popolane e di cavalieri. Resto così, finché le gambe non le fecero male per la tensione, finché non vide per un istante Caterina che salutava la folla. Le sembrò che fosse pallida ed emozionata e si ritrovò a pensare con stupore che forse anche una regina qualche volta ha paura dell'ignoto.

Allora di colpo comprese il messaggio che sua madre, la dama del medaglione, voleva trasmetterle con quel suo sorriso fermo e quieto. Non era compassione, né tristezza, ma semplicemente un invito:

«Non avere paura di quello che verrà, figlia mia, perché la vita è un'avventura meravigliosa».

INDICE

Maria Loretta Giraldo
Il mistero della dama

Emanuela Nava
Uffa, che rottura!

Brenda Woods
Il lungo viaggio di Sally

Angela Nanetti
La compagnia della pioggia

Paola Mingoni
La fabbrica dei topi

Christine Nostlinger
Occhio al professore!

Chiara Rapaccini
Dammi un whisky,
Samanta!

Luigi Ballerini
L'estate di Nico

Dalia B.Y. Cohen
Uri e Sami

Francess Lantz
Joanie il maschiaccio

Guido Sgardoli
Corri, Gummo, corri!

Indigo
Voglio un cucciolo!

Aquilino
Ti salverò, Canaglia

Kethy Kacer
Un posto sicuro

Giusi Quarenghi
Strega come me

Lia Levi
Un garibaldino
di nome Chiara

Silvia Roncaglia
Il grande sbadiglio

Elisa Prati
I pensieri nell'armadio